棕櫚を燃やす

野々井透

筑摩書房

棕櫚を燃やす

目次

棕櫚を燃やす

闇に息吹く

午後の陽を、編んでからだに大事に纏《まと》うようにしてあなたと窓辺に座っている。肌に浴びる陽はからだの中をゆっくりとあわだたせてゆき、私の内部で小さな波が起こり、まるで内側から新しい私が生成されてゆくようで、新しい物語がはじまる予感がする。

つまり、希望を少し感じてしまう。希望は、感じてもいいはずなのに、許されない気がする。陽射しの届く明るい場所にこうしてふたりでいても、気が付くと、私はひとりで夜の海を眺めていて、そのうちに自分が波の音になってゆくような気持ちになるし、やがてあなたのぜんぶが無くなった時、今、目にしているこの世界も無くなってしまうのだろうな、とわりと容易に想像できてしまうから。

「さようなら」

あなたの声が、聞こえた気がした。風が、それもとてもいい風が吹いてゆく、そんな声だった。

「今、なにか言った？」

「なにも言ってないよ」

そう答えた私の父であるあなたの目は、ずっと前から私が知っている静かな湖のような薄茶の瞳で、それがきちんとそこに在ることを突然奇跡のように感じて、私はからだの奥の方、それはたぶん私の源のようなもので、それが、震えた。たべものをいくら食べても痩せてゆく不思議なからだとなった父の中で、小さな宇宙みたいな核が生まれて、細胞になり、ふつふつと増殖し、この瞬間ごとに新しくなってゆけ、そして、新しい血、新しい骨を作ってゆけ、と思う。その願うような気持ちが、液体のようになってぎゅうんと喉元まで流れてくる。口腔《こうくう》まで溢れてきたその気持ちは、ほの温かい。

「今日の陽射しは、いい陽だなあ」父はそう言うと、茶を啜《すす》った。湯飲みを持つ赤いフランネルシャツの袖から覗くその手は、漂白されたみたいな虚偽的な白さをしている。いい陽だね、と返したいのに、喉から口腔いっぱいに気持ちが詰まっていて、口をひらいたら液体のようなそれがとろとろと零《こぼ》れ出てしまいそうなので唇は結んだまま、ただ頷く。

口の中にある、ほの温かい、願うようなこの気持ちは、欲求よりももっと細く長い感じで、強くて、苦しい。

誰かを、しかもそのひとのことだけを願うことなど、今までなかった。いつだって川の中で揺れる水草みたいに、水越しにぼやけた地上を眺めながら生きてきた。だのに最近は、目にするものが眩しいくらいにくっきりと鮮明で、まるごと私にぶつかってくる。そして、暴力的な速度で私の奥が時折震える。私の起源みたいなものが揺さぶられる。

なぜだろう、と濃い匂いの中で思う。父と私の眺めている庭の土は、全体的に空気を含みわずかに隆起しているようで、色が濃く鮮やかだ。地中のいきものたちが、動き始めたのだろう。草や葉は芽吹き、緑がとめどなく生み出されてゆく勢いで、この一画は、いきものの放出する少し重たいような匂いで溢れている。

隣で父が眉をひそめ、左の腰を漂白されたような手でさする。父のからだが、わずか右側に傾く。

「少し、違和感がね」と、父は最近見せる少し無理した笑い顔をした。頬や薄い唇が、なにかを隠そうと歪み、ただれた小鼻の皮膚が引きつる。手をあてがう腰の辺りが、細かく振動しているように見える。父の左腰の内側で、なにかが蠢《うごめ》いている。いきものたちが庭の地中を攪拌《かくはん》させてゆくように、それは、父の内部を掻き混ぜながら、破壊を進め、物語のはじまりを感じる気持ちごと壊してゆく。焼き付けられるように私の奥がまた震える。

「大丈夫？」父に聞くと、「ああ」と父はさらに歪んで答え、左胸を押さえた。すると、その薬指と小指の間から覗くシャツの下で、稚魚が素早く跳ねたように見えた。赤い布地を突き破ろうとするかのような動き。三匹、いや四匹か、もっと多い数だろうか。父に巣くっている輩《やから》の動きだろうか。凝らすと、それは再び父の内部へ帰ってゆくのか、動きが消えた。

庭の左端にある白木蓮《はくもくれん》のはなびらの縁が、光っている。光が、少し痛い。私は目を閉じる。


「今っていう瞬間は、言った途端に終わっちゃうけれど、その今を捕まえて、張り付けて、止めておきたい、って最近すごく思うんだよね」

今がどんどん過去になってゆくのが、なんだか恐ろしくて、昨夜の入浴後、冷蔵庫から取り出した炭酸水を飲みながら、味噌にみりんや酒を混ぜ味見している澄香と話したことを思い出す。

彼女は菜箸の動きを止めて、「私も同じように思うかも」と頷いた。ボトルの中の炭酸水の浮き上がる気泡を眺めながら、自分の中でうまくまとまらないことを五歳下の妹の澄香にそのままの形で無造作に放ることができるのは、彼女が自分自身の気持ちを畏れることなくそのままに感じることができるひとだからなのだろう、と思う。

「春野、この味どう？」

口元へ寄せられた菜箸を舌先で舐めた。

「いい」と答えると、澄香は頷き「張り付けて永遠にしたいようなことを、きれいだなとか、美しいって呼びたくなるのかな」とひとり言みたいに続けて、「出来上がり」と味を調えた味噌に鰆《さわら》を浸していった。

「たとえば、夕暮れの終わりの色」澄香が言った。

「たとえばって？」

「張り付けて永遠のようにしたいこと」

夕暮れの空、滲むようなオレンジの消え入るさまを想う。

それから、わたしたちはごとくに付いた焦げを落としたり、調味料の瓶を拭いたり、木べらの変色しているのをただ眺めたりしながら、張り付けて永遠のようにしたいことを思い浮かべては、ひとつずつ口にしていった。

「明日咲きそうなしゃくなげのつぼみ」と私は言う。

庭のしゃくなげは、十くらいの花のつぼみが詰まったようにくっついていて、その黄身がかった先端がだんだんとほころびてきて、やがて外側からは想像できない鮮やかな赤があらわれる。ひらいたら絢爛な鞠のような花も、もちろん美しいけれど、明日咲きそうなしゃくなげを眺めていると、そのときのその紋様に込められているメッセージが隠れているように見えてくる。なにかが明日あらわれる少し前の、しゃくなげ。

「雨あがりの、庭に見つけた蜘蛛の巣のきらきらしている感じ」

「旅行の最後の夜、足の爪先があたったシーツの冷たい感じ」

言葉にしていくと、張り付けたいはずのものが、余計に遠くなってゆく気がする。

「薄暗い玄関に同じ方向を向いている三人の靴」

「いってらっしゃいって声かける、後ろ姿の肩の辺り」

少し悲しくなってきて、永遠にしたい矛先を私は変える。

「隠れて交わす短めのキス」「どこで、誰から隠れてるの?」澄香が聞く。「誰でもないよ、人混みでそっとする感じ。終電逃して、道玄坂をふたりで歩いていて、坂の上の交番辺りに差し掛かった頃。それから円山町に入る方じゃないもうひとつ奥の角を曲がって、そのまま静かな道を神泉の方まで歩いて、淡島通りの緩い坂道をゆっくり歩いて行くの」「ふうん、なかなかいいね」などとふざけ合って、幾ばくか安心してからおやすみ、と言い合った。そして、私は夢を見る。夜明けの淡島通りを、よく知っているようでもあり、まるで知らないようでもある男と歩いていた。左斜め下から見上げるその横顔は、白いような青いような色をしていて、眺めていると自分がほどけてゆくようで、その肌に触れたくて仕方なくなる。その男の爪の半月の形を、私は空中に描くことができる。彼と、私はなにを話したのだろう。そしてわたしたちは、なににについて話さなかったのだろう。

醒めてから想いを寄せるような夢ばかり見ている気がする。今を捕まえることができずに、足元が縺《もつ》れてつまずきそうになりながら、取り逃がしている今をずっと追いかけている気がする。


まぶたを開くと、木蓮の枝から、白いはなびらが一枚真下に落ちた。

それがあまりにたやすい落ち方だったので、だから、もう家の中に入ろうと父に声をかけようとしたら、蝶の羽ばたきみたいなゆっくりと不規則な砂利を踏む音が聞こえてきた。澄香の足音だ。サーモンピンクのワンピースに黒のライダースジャケットを着た澄香が庭へ現れる。

「ただいま」

「おかえり」

澄香が私の隣に座ると、窓辺の空気がたゆんだようになり、からだから力が抜けてゆるんでゆく。

「みんなのふつうより、大事なのはきみのふつう」隣で上着のポケットに両手を入れたままの澄香が言った。

「なにそれ?」

「今日、ナバタメさんが施設の壁面に設置した町会の懸垂幕のスローガン。なかなか、いいでしょ。残念なことに、その前を通り過ぎるほとんどの人は気付いてないみたいだけど」

「なかなか、いいかも」と考えずに返答する。通常から自分のふつうを優先し過ぎているきらいのある私は、みんなの中にいると不安になる。あまり興味のないことをそれでもみんなと笑いながら話していると、体温が低くなってきて、ああ、魚類になりたい、などと思い始める。みんなの中にあるとされているふつうと呼ばれるものは、自分のふつうの一番外側を薄っぺらく剝ぎ取ってくっつけ合わせたような、すぐにでも破れそうな球体みたいなもので、脆《もろ》いのを知っているのに、その球体の中の方が安楽だと思えてしまう危険な装置のようで、呪いの文句のようだ。けれど、信念だとか、誇りみたいなものを持つことは、誰かに対する暴力につながるのではないか、とも恐れている。

「家に帰る前にこの懸垂幕見たら、なんだか後押しされる気がするの」

「後押しって？」と澄香に聞く。

「また明日って思えることとの後押し。また明日今日と同じ時間に起きよう、とか、また明日朝礼の時は顔を上げてよう、とか、また明日帰りにスーパーマーケットに寄って魚の品定めをしようとか、ただ、今日の続きを繰り返せば大丈夫って、なんとなく思える気がする」

また明日、と思うことが簡単ではなくなったのはいつからだろう。

「しかも、今回の懸垂幕のフォントは明朝体だったんだよね」

「そうなんだ」

「ゴシック体より、いいでしょ」

「いいかも」とやはり考えずに返事する。

風が通ってゆく。棕櫚《しゅろ》の葉先が揺れる。こうしていると、今日がいつのことだかわからなくなるようだった。昨日も、今日も、明日もなくなり、わたしたちは、生まれた順番も、男や女という区別も、父と娘という関係も取っ払って、いっこずつのただの鉱石みたいになってここに転がって、長いあいだ語らい合っているような気持ちになる。この星が滅んでも、石になったわたしたちは宇宙で転がっていられるような気持ちになる。

澄香は仕事や同僚について、毎日のようにわたしたちに話した。わたしたちに話すことが、世界を納得するための彼女の方法なのだと思う。澄香はひとつひとつの物事を肯定的に納得しながら、進みたいひとなのだ。

毎日物語の続きを聴いているようなわたしたちは、行ったことのない澄香の働いている場所を細部まで思い浮かべることができた。保健所と文化センターが入る地下一階、地上三階建ての古びた施設。ススキのような色の皺の付きにくい布地の制服を着て、清掃をして、ゴミの回収と分別を行い、文化センターで催事があるときは集会室にパイプ椅子やテーブルを要望通りの位置へ並べて準備をし、終了後には元の位置に戻す。保健所でこどもたちの検診のあった日は、終わった後も施設のそこかしこに彼らの声が残っているようで、その声までも拾い集めるように片付けをした。ちょっと待って、その振り込み、とか、つくっていこう、誰かが君を語ることのできる街、とか、一寸先は少し明るいはず、とか、あなたと一緒に月しろを待つ、などと書かれた行政や町会の標語の懸垂幕を施設の外壁に下げる。これはナバタメさんに任された仕事で、この仕事を任されると一人前と認められることになる。そして、ナバタメさんはこの標語を決める会議になぜか時折参加しているらしい（けれど、これらの文言は本当に外壁に下げられているのだろうか）。掃除機は、子熊くらいの大きさと重さであり（と、澄香が言う）、これを引っ張りながらよく滑る廊下を移動して行く。掃除中のコードは、歩行者の邪魔にならないように、見た目もすっきりしなければならないというルールがあって、壁と並行にして沿わせて移動しなくてはならない。文化センターの第四金曜日の午後の琴のサークルの時空を曲げるような、半永久的に続くような弦を弾く音を聴きながら、階段の滑り止めをひとすじずつ掃除するのが澄香の一番好きな作業だった。

ナバタメさんにも会ったことはない。漢字の表記も知らない。でも、彼のことをよく知っている。晴れている日よりも、曇り空で、雨の降る直前の匂いが漂うような、そんなのが似合うひと。澄香の職場の一年先輩で年齢は澄香より十五歳上の四十四歳、痩せ型、趣味は川釣り、歩いていると誰かの落し物を見つけて拾うことが多くて、宴席は常に壁寄りを好み、ずっと枝豆なんかをつまんでいる。仕事の手順や職場のひととの付き合い方というような話よりも、昨日釣った魚やその川水の冷たさや透明さや、岩に這う苔のやわらかさ、そんなことを話すひとで、少し寂しがりで、夜になると、これは私の想像だけど、少年の頃から親しんでいる詩集の中からその晩にふさわしい一篇の詩を選び出し、その世界にゆっくりと身を投じてゆくように読んでから眠りに就くひとだ。

澄香のこの職場は彼女が美大を卒業してから幾つ目だろう。この前は商店街にある耳鼻科の受付だった。耳鼻科の前は２４６号線の向こう側の学校の給食センター、給食センターの前は馬喰町の布問屋、その前は外苑のデザイン事務所。今の仕事は私と同じく今年で三年目だから、これまでで最も続いていることになる。

わたしたち姉妹は、仕事が長続きしない。

「それでも働き続けているのだから、上出来じゃない」と父は言うものだから、それもそうか、と簡単にわたしたちは腑に落ちる。父は些細なことを上出来じゃない、と褒める。出汁巻きたまごが少し破れてしまった時や、切り返しをしながらバックで駐車をした時や、忘れ物に気が付いて急いで家に取りに戻った時。新しい仕事に就き、父に上出来じゃないと言ってもらい、今度は、きちんとしようと毎回思うけれど、しばらくすると澄香は物事を納得できなくなり、私は水越しに見るようなぼやけた世界がさらに歪んで見えてくるのだった。

「春野の会社の主任さんは、今は週に何日同居してるの?」

「週二日のままだよ」

主任は二年程前から妻子と別居しており、最近になって妻子のいる家で週二日過ごすことになっていた。

「週休二日か」「週休? 妻子と過ごす日って休日の類なのかな?」「休日じゃないの?」「でも、同居の前日は、主任夕方から電話のかけ違いがやたら多くなるよ」とわたしたちが話してると、父が、まあでもそれが主任さんたちのふつうなんでしょう、と言った。

ひとりだったり、三人だったりで暮らしている主任のいる衛生用品を扱う小さな商社が、私の三つ目の勤め先だった。急行の停まらない最寄り駅から歩いて十五分程の場所にあるその会社は、社員の氏名をひとりずつ言えるくらいの規模で、部長という役職は存在せず、主任と課長と社長と皆同じ部屋で仕事をしている。総務部で私に任されている仕事は、文房具や備品の補充をしたり、交通費や出金請求の申請書の受付をしたり、年末の全社員で行う親睦会の会場を探したり、毎年参加する地域の盆踊り大会の手伝いなどで、毎週、毎月、季節ごとに決められたことに対処していくものだった。何かを変えようとか、変えないとか、どちらも自分には関係のないことと思うために、結局変わらないよね、と批評しているひとのはす向かい辺りでその話を聞いているような私の働き方の姿勢は、三つ目の会社へ移っても同じだった。

「私のふつうは、どんなだろうなあ」さらさらと父が言った。

父は、さもありなん、というようなスタンスのひとで、さもありなん、そんなこともあるだろうさ、というようなことを父が言うと澄香と私はくっつき過ぎた気持ちと自分の間に隙間ができて、執着していた気持ちを、ついと手放してしまうことができるのだった。未練なく手放したその気持ちは、あっさりとただの「もの」のようになってしまう。だから父のさもありなんは、澄香と私を楽にしてくれる。

家の表の方から、母親がこどもを呼ぶ声がして、嬌声と足音が重なってゆくのが聞こえる。夕刻を告げるファンファーレみたい。

けれど、わたしたちの前の庭は絶えず蠢いていて、刻々と変容し、それが恐怖を秘めているようで、だから、遠くなってゆくファンファーレが脅かされてゆくように感じる。

「そろそろ、夕食にしましょう。今日はふたりが労ってくれるのでしょう」

父が、そばの藤椅子につかまりながらゆっくりとぎこちなく立ち上がった。

一年後に定年で退職するはずだった父は先月三十七年間続けてきた仕事を辞めた。仕事のない父の姿は、宇宙を彷徨している古い星みたいだった。

父は職業を聞かれると、毎回「まちづくりのね」と返答していた。父は語尾で余計なものを省くのがうまい。語尾の、ね、を聞くと相手はそれ以上あまり聞くことなく納得をする。

まちづくりという言葉は私にとって抽象的で、具体的に父がどんな仕事をしていたのかはわからない。ナバタメさんが掲げるようなスローガンを作り、浸透させてゆくことなのだろうか。知っていることは、地下鉄で職場のある一駅前で降り、裏道の街並みを眺めながら歩いて職場まで通っていたこと、その裏道の路地の高齢の姉妹が住む古い家の小さな庭に咲く枝垂れ桜のどの枝の花が一番早く咲くかということ、その家の並びにある中華料理屋の味が濃い日は、店を営む夫婦がちょっとした諍《いさか》いをしているときであること、職場の後輩の月居さんと青山さんと毎年里山で遊ぶこと、月居さんは小鳥を一羽飼っていて、その小鳥はおはようとありがとうと喋《しゃべ》ること、小鳥が眠くなるとその細い足が温かくなることがなによりも落ち着くこと、それは月居さんにとって、言葉を交わさなくてもにんげんではなくても気持ちを通い合わすことができる瞬間なのだということ。青山さんは、一人暮らしをしていた父親が亡くなっていることを大晦日の晩に察知して生家へ赴き、冷たい浴槽内にいる裸の父親を見つけて、そのまま近くの寺から鳴る百八つの鐘の音を聴いた、その音が今も耳の奥で聴こえる、たとえば信号を待っている間とかドアを開けようとポケットの中の鍵を探している時や、間に合わなかった地下鉄の車両がプラットホームから去ってゆくのを見送っている時だとかに鐘が鳴る。そのぼやぼやした鐘の音がからだの奥まで侵食してゆくように、ずっと彼の中に続いているのだという。そんなふたりと父は仲がよい。父は自分が携わったまちのスローガンについて語るより、そこに暮らすひと、集うひとについて語ることが好きだったのだ。父が今年見送った里山遊びに行った彼らから山菜が届いたので、ついでにと今夜三人で父の慰労会をしようと決めたのだった。

　キッチンに立つと、澄香はのびやかに、しなやかになる。

「だって、必ずなにかが出来上がるでしょう。で、出来上がったら、食べて簡単になくなっちゃうじゃない。他にそんなものある？」と料理の好きな澄香は言う。

　わたしたちは幼いころからここで料理をしてきた。澄香は足りない味を探し出し、最適な量で足すことが非常に上手であったし、素材のいちばん美味しく食べられる頃合いを計ることに長《た》けていた。揚げる時間や、煮る時間の調節は完璧だった。私の作る菜は、たまに妙な味になってしまい、それは誰かに味を直してもらえばいいと思っているからで、だけど、今朝歯磨き粉が終わりかけていて足りなかったから、だとか靴下の左右を反対に履いてしまっていたから、などといいわけをした。そんなぼんやりとした菜に、なにが足りないのかを澄香は見つけてくれる。なんでも同じだった。誰かが、私の足りないものを足したり、修正してくれることを私は待っている。

「今夜の献立の確認、こしあぶらの天婦羅、こごみの炒め物、土鍋ご飯、鰆の味噌漬け焼き、白カビサラミとクレソンのサラダ、じゃあ、はじめましょうか」澄香は告げると天婦羅粉を作り始める。私は土鍋を火にかける。時間のあるときは、土鍋で白米を炊くのがわたしたちの習慣だった。土鍋にはひびがある。ひびの形状は、時間と共に変わってゆく。

「わたしたちって土鍋みたいだよね」と澄香がいつだったか言った。土鍋を使い始めるときには、まず重湯を作る。火にかけることに土鍋を慣らすのだ。すると必ず、ひびが入る。このひびは、必要なひびで、火にかけ割れてちりぢりにならないための必要なひびだ。使っていく中で、ひびから中身が漏れるようになれば、また重湯を作りひびの目止めを行う。いいひびを作りながら、割れないように、ひびの手入れをしながら使う土鍋は、父と澄香と私の関係に似ているのだそうだ。

土鍋の外側がうねるように見え、中から蒸気が漏れ出てきたので、弱火にする。このまま十二分待つ。今頃だとそのくらいがよい白米が炊ける頃合いだ。土鍋から離れ、新聞紙で包まれたこしあぶらを取り出す。重なった葉はそのまま食《は》みたいような鮮やかな黄緑色をしている。節を包んでいる部分を剥いてゆき、さっと洗う。それをざるに並べる。土の付いたままのクレソンも洗う。緑が深く匂いが濃い。澄香は、こしあぶらに天婦羅粉を付け、熱くなった油に落としてゆく。ひとつ落とすごとに、華やかな音が広がる。揚げ物の音は、これから愉快なことが始まる合図みたいだ。その予感に満ちた音を聴きながら、白カビサラミを五ミリくらいの厚さで切っていく。薄すぎると噛み応えがないし、厚く切ると噛み切るのに時間がかかる。五ミリくらいがちょうどいい。ちょうどいい、という感覚がわたしたち三人は似ている。フライパンに油を少量入れ、水切りしたクレソンを炒める。塩と胡椒をまぶし、もう少し炒めたい手前で、上げてしまう。白カビサラミと軽く混ぜて白木の器に入れる。澄香は、こしあぶらを揚げ終えたところで、昨晩からあく抜きをしていたこごみを出し、新しいフライパンを火にかけ温め始める。こごみの中心に向かって渦巻いてゆく形は、その渦を中心へ追ってゆくと、そこに真実のようなものがある気がしてくる。自然のものを見ていると、たまにこう思う。澄香は、こごみをフライパンで炒め始める。木べらでまんべんなく火を入れると、そこへ醤油をひとまわり垂らす。再び木べらで混ぜると、これももう少し炒めていたい手前で終わりにする。なんでも、あともう少しで終わるのがいいのだ。昨日から漬けてた鰆を水洗いして、温めておいたグリルへ入れ、焼いてゆく。タイマーが鳴り、土鍋の火を止める。ここから、八分待つ。出来上がりの目途が付いたところで、隣の居間へ盛りつけた菜を運んでゆく。父は眼鏡をかけて、文庫本を読んでいた。

タイマーがもう一度鳴り、「澄香、蓋開けるよ」と、蒸らしておいた土鍋の蓋の取手を布巾で押さえる。何度繰り返しても蓋を開けるときは、気持ちが急《せ》く。それは、誰かが喜んでくれることを期待するもので、だから明日も明後日も、蓋を開ける瞬間がずっと続けばいい、と思う。

テーブルに箸や取り皿や菜を並べ、小さなグラスにビールをついで三人で、いただきますと言って食べ始める。慰労会とはいうものの、大仰なことは誰も口にしない。それ取って、はい、ありがとう、春野、袖に付くよ、はい、おとうさんお醤油かけすぎ、はい、天婦羅うまいなあ、あ、澄香、迷い箸しない、行儀悪いよ、はいごめんなさい、とか言いながら食事をする。澄香は、ナバタメさんが今日作ってきたお昼のお弁当について話を始める。話を続けながらも箸は止まらず、それは今夜の食事が美味しいからで、そして美味しいものを食べるときは、みんな集中していて、それはわたしたちが澄香の言うところである土鍋みたいな関係だからなのだろうな、と思う。そうではないひとと食事をするのは、なんとなく収まりが悪いし、恥ずかしい。だから、一緒に食べて、そのことだけに集中できるのは、お互いが近くにいるからなのだと思う。

食事が終わると、わたしたちは茶を啜りながら、またなんとなく庭を見ていた。無暗なほどに、風のない夜がそこにある。そのうちに父が白湯で赤黒い親指の爪ほどの大きさの楕円形を一粒飲んだ。雪の日の頃から、毎晩欠かさず飲んでいて、「これを落として、その辺の猫が間違えて飲んだら、きっとすぐに死ぬよ」だなんて言う。飲み始めて数か月になる父は、小鼻の掻痒感がひどく、皮膚がただれて鼻の穴が通常の三分の一ほどの大きさになっている。そして明け方になると、たまに嘔吐する。

「ねえ、棕櫚を燃やそうよ」

澄香が言った。わたしたちは庭木が繁ってくると自分たちで枝葉を剪定し、その中の棕櫚だけは軒下で乾燥させてまとめて取ってあった。棕櫚が、いちばん燃えるからだ。三人で、年に何度か、庭で棕櫚を焼くことがあった。煙が近隣にいかないように穴を掘り、少しずつ燃やす。

「でも外は寒いでしょ」父は寒さを好まないので引き留めるが、父が「燃やそうか」と答えたのと同時にテーブルに手を付いて立ち上がり、居間を出て行った。私は慌ててパーカーを取りに行き、新聞紙とライターを持ち外へ出ると、上着を羽織った父と澄香が、裏の軒下に溜めていた棕櫚を庭へ運び始めていた。私は縁側の下から柄の長いシャベルを取り出し、庭の土を掘り始めた。今もきっと地中で蠢いている小さないきものたちごと土を掻いてゆく。膝上くらいの深さに穴を掘ると、そこへ新聞紙を入れた。

父が、獣みたいな毛で覆われた棕櫚の樹皮にライターで火を灯《とも》す。途端に、炎が現れ燃えてゆく。燃えている棕櫚を穴へ入れる。新聞紙に火が移り、炎が大きくなる。燃え尽きる前に次の棕櫚を投じる。ときおり、爆ぜる音が庭に響く。誰も、なにも言わない。わたしたちは、棕櫚を燃やし、その燃えている様を見ている。

父のからだに変容が生じていることを知ったのは、数か月前に湯豆腐を食べた翌日のことだった。するりとしたものが食べたいと言うので、職場の新年会を断った金曜日の帰りに商店街のひえびえとした佇《たたず》まいの豆腐屋に寄り、水槽みたいな容器の底に静かに沈んでいる豆腐を店主に掬《すく》ってもらった。昆布を入れた土鍋で豆腐を煮て、熱いまま食べた。庭の棕櫚の向こうには、冴えた月が見えた。

翌日、父のからだについて、わたしたちは白衣のひとに示された。どうやら、なにかが父の中に棲みついたらしい。父はノートに彼の言葉を書きとっていた。罫線よりはみ出して書いた、いちねんという平仮名を父は幾重にも囲っていた。強調されてゆく、いちねんの文字を横目に私は、説明するひとの、おうとつを麺棒で伸ばしたような耳の形がいやに気になり、その形をなぞってゆくように執拗に見ていた。外耳の形を追いながら、私は怒りたいような気持ちになる。父は昨日湯豆腐を食べたし、散らした柚子の香りも、美味しいと言った。上手に笑えるし、爪は伸びるし、虫歯にもなる。三人で遠出するときの首都高速では箱崎ジャンクションから江戸橋ジャンクションまで淀みなくアクセルを踏んでゆき、ひとつの流線形になったようなわたしたちは道路の続く限りを走ることができるような気持ちになった。澄香と私の前でも自分のことを「私」と呼ぶ父は、初めて訪れた場所でもよく道を聞かれ、生まれてからずっとその場所に暮らしてきたひとのように上手に答えた。仕事を終え、たまに酔って上ずったような声になって帰ってくると、脱いだ靴下を廊下に置いたまま居間で寝てしまい、起こすと浴室へ行き、湯船で寝てしまう。脱衣所から、呼びかける。「起きて」「うん」「寝てるでしょ」「うん」と繰り返し、布団に父が入るのを見届ける。翌朝は気持ち悪いなんてこともなくさっぱりとした表情で卵焼きを作り、野菜や果物を皿に盛り朝食を準備している。シンクには卵の殻や切り捨てた野菜の端や果物の皮が豪快に散らばっている。ものを捨てるのと片付けるのが苦手なのだ。以前天袋を整理していたら、父が少年だった頃に描いた魚の水彩画が出てきた。よほど尾ひれが描きたかったらしく、大きく描きすぎて魚の頭は紙に収まらず半分で途切れていた。頭のない魚の絵を元の場所にしまったのか不安になる。帰ったらあの絵を探そう、とパンを握りしめている父の指先を見て思う。

昨日までの父と、今日違うからだだと言われた父と何が違うのだろう。何も違わない。地続きのままだ。なのに、わたしたちは一千分の一秒の高速で、何者かに荒々しく知らない惑星まで飛ばされたように感じた。今までいた場所は、とても遠くに見える。飛ばされたその惑星は、星々の軌道から外れ、光も届かないような文明を終えたような場所だった。こんな遠くまで来たのに、それでもこれまで過ごしてきた場所と、この惑星は繫がっていることをすぐに思い知らされた。世界では新しいこどもが続々と生まれ、ナバタメさんは、暮らしを守る、あなたの税、というスローガンを掲げ、月曜日に私は会社で残りの切手の枚数と、使用した切手の枚数合わせをしていた。

それからだった、私の源のような場所が震えるようになったのは。

変容についての説明の後、父は数日家を留守にした。珍しく雪の降った日は、父が数日振りに家に帰ってくる日で、彼を迎えに行く道中の、世界のすべての音をひとつずつ沈めてゆくように降る雪の中で、澄香と私は約束をした。

誰かの足跡の重なりを追うようにしてバス停に辿り着くと澄香は青いコートの裾回りに付いた雪をレモン色の手袋で払った。歩いているひとは見当たらず、タイヤにチェーンを巻いた車が地響きを立てて過ぎて行く。

「春野、これからの一年を、わたしたちはあまさず暮らそう」と澄香が唐突に言った。

そう言った澄香の目は透明で、きれいだった。だから、私は頷いた。けれど、あまさず暮らすことがどういうことなのかわからないから、「どうしたらいいの?」と尋ねる。

「よく本当の気持ち、とかいうじゃない」

「うん」よく言わないけど、うんと答える。

「本当とか本当じゃないとか、そういうことじゃなくて、まるごと感じながら、みんなでそこに身を置く、みたいな」

「難しくてわからない」

「えっと、すごくシンプルなことなの。今を信じて、なにが起ころうとも、おはようとかおやすみとか、きちんと言い合う、みたいなこと」

泣きながらでも、笑顔でも、どちらでもいいから、と澄香は付け加えた。

その言葉を理解しようと、からだの中に飲み込むように唱えてから、だけどわたしたちは雪道の歩き方を知らないな、とぼんやり思った。

雪の降る坂道を登り切った終点でバスを降りて、エタノールの匂いのする建物に入り、父の部屋に行くと、乾いたような父がベッドに座っていて、そこだけ磁場がないような、重力もないような空間に見えた。

こちらを見た父の目は空洞のようだった。ふたつのまっくらな穴が開いている。あそうか、目玉が落ちてしまったのか、早く見つけてきれいに洗って入れてやらないと、と咄嗟《とっさ》にベッドの下を見ると屑入があり、そこには朱の滲んだ紙が溢れていた。

父は、ベッドのサイドレールを指先で小刻みに叩きながらなにかに追われているかのように急いで話し始めた。

「雪がこんなに積もるなんて、今年はおかしいね、あなたたち寒いでしょう」そうだ、帰ったら寿司屋へ行こうか、いや、やっぱりあの蕎麦屋に行こうか、板わさ頼んでお酒頼んで、最後に蕎麦を食べて、蕎麦湯を飲んで、帰り道に月を見ながら多摩川まで行って、ああ、でも今夜は雪だから月は見えないね、多摩川をずっとくだっていって、羽田の手前でハゼ釣りもしたいな、そうだ、今年の多摩川の花火大会は、場所を取って観てみようか、だけど八月ってなんだかとても遠い先のようだね」

父は、無言になり手首をサイドレールに打ち付け始めた。鈍い金属の音は父の叫びのようで、それが私に刺さる。父の音は冷たくて、そのまま奥の方まで突き、貫通せず、抜けずにそのまま幾つも澄香と私に刺さり続けた。

私は、父の悲しみについて考えようとする。でも、私ではないひとの悲しみなんて、わかることはできない。

父を見るのが辛くて痛くて悲しくて、ただそれのみを感じていたいのに、私の皮膚の一センチ下辺りで生温かいものが泳ぎ始める。

むるむる。むるむる、としたものが私を巡り始める。心地悪くて皮膚をめくってむるむるを取り出したくなる。むるむるが通った後は血液が、重くねっとりとなってゆくようで、震えて痛む私をむるむるがゆっくりと鈍麻させてゆく。視界が水越しに見るようにぼやけ始める。痛いだけならいいのに、と思う。震えているだけならいいのに。だって、震えて痛くて悲しいだけなら、きれいなままのような気持ちがする。ただ、きれいなだけを感じ入っていたいのに、むるむるは痛くて悲しくて今なのに永遠みたいな気持ちを浸食してゆく。

ああ、面倒だな、と思う。いつもみたいにむるむるが始まった。

大事に想い、まるですべてわかったように感じていたはずのひとから、ある時気持ちをまっすぐに向けられると、私はその途端に相手が全然知らないひとのように見えてくる。他者の要求を受けると、体温に似たぬるい温度のむるむるが私のからだを回り始め、それ以上そのひとと向き合うことが面倒になるのだった。面倒なので、私は彼らから離れて行く。だから私には親しいひとがいない。距離を置くと、むるむるが止む。そうやって、いくつもの関係を断ってきた。

父がまっすぐに気持ちをぶつけてきていることが、疎ましくて煩わしかった。いつだってさもありなん、の父に頼りきっていればよかったのに。築いても築いても、壊してばかりの私がそうやって壊すことができるのは、戻る場所があったからで、それは父だった。湖のような目をした、さもありなんの父がいつも在る。だのに、父は湖の目をどこかに失くし、冷たい音を発している。面倒だから、悲しいだけにさせてよ、そう思う。

今回は離れたくても、もう逃げる場所がない。むるむるが速度を増してゆく。ああ、疲れる、とベッド脇の椅子に座ろうと手をかけたら、「春野、座っちゃだめ」と澄香が私の肩を摑んだ。「ほら、そこ」と澄香が椅子の座面を指さす。

「蜘蛛」

そこに、一匹の黒い蜘蛛がいた。小指の爪ほどの大きさで、固まったように動かない。隙のないこの建物に、どこから入ってきたのだろう。父は手を打ち付けることを止めた。父の目玉が戻っている。薄茶の瞳が静かに蜘蛛を見ていた。

澄香が、家に帰ろう、と言いながらサイドレールに垂れている父の手に自分の手を重ねた。どうして、そんなに簡単に父の手に触れられるのだろう。澄香はおもはゆいようなことをなんともなしにすることができる。ふたりの手に触れてみたい、と少し思う。だけど、むるむるしていて、逃げ出したい私は彼らにどうやって触れたらいいのかわからない。

父の向こうの窓の外は、雪が降り続いていた。白に覆われてゆく灰色の首都高速が見える。このままだと明朝あたりには、わたしたちはまるごと雪に包まれることになるかも知れない。雪に包まれ、すべて白になればいいのに。なにもかも白になったなら、新しく染め上げてゆけるかも知れない。

雪を見て、バス停で、あまさず暮らそうと澄香と約束したことを思い出す。意図することはわからないけれど、思い切って自分の手をふたりに伸ばしてみたら、そこはただ温かかった。

ふたりの体温を感じると、むるむるはどこかに潜まる。

これからの一年を、私はあまさず暮らすことができるだろうか、と降る雪を見ながら、思った。そして、言葉は雪みたいだな、と思ったのだった。

炎は尽きない。棕櫚は燃えている。あの日から、私は約束を守れているのだろうか。

「燃やしていても、やっぱり寒いな」父は、先に休むね、と言い火から離れた。

「おやすみなさい」

二足目に砂利を引き摺るような父の足音が止み、彼は家の中へ入っていった。

あの時の重なり合った体温を、この先私は忘れずにいられるだろうか。強く息を吐く。棕櫚は、燃えている。澄香と私は溜めておいた棕櫚を、あらゆる息吹を感じながら密やかに燃やし続ける。春の闇の中で、炎が燃えている。

鮎のにおい

蜜を吸うようにして、父と桃を食べる。瑞々《みずみず》しい果汁は、吸ったそばから、からだにたやすく浸みてゆくようなのに、どうして父のからだには浸みてゆかないのだろうか、と私は思う。

今朝、父のおはようの声は喉の奥でなにかがひっかかったままのような声だった。乳液を頬に押し付けながら「今日は何度だった?」と問うと「三十七度一分」と父が返事した。「微熱だね、私が運転しようか」と平静を保って聞くと、「大丈夫だよ」と父は擦れたような声で応えてから、「運転したいんだ」と大事なことを確かめるように言って、毛のない頭をゆっくり撫でた。

このところ毎朝確認するのは父の体温で、微熱が続くと彼の皮膚は萎《しぼ》んでゆく。いくら水分を摂っても、なにものかに絞られてゆくので、父のからだの表面はやがて川原の流木のようになってしまうのだった。

ふたりで口元を甘い汁で滴らせていたら、ライムみたいな緑と白のボーダーのTシャツと黒いパンツ姿の澄香が起きてきて、おはようと笑って言ったものの、そのままソファに埋もれるみたいに座り、それきり目を閉じて動かない。桃を食べ終えると、澄香を促して玄関から表へ出し、戸締りをして水遣りをするため私は庭へ出た。

幼いような守りたいような色だった植物たちの葉は、分厚く緑も濃くなっていて、庭全体が鬱蒼と戦闘的な雰囲気になっている。夜明け前だというのに、もう今日の暑さは始まっていて、熱がひとあしごとにからだに浸みついてゆくようで、からだが重くなってゆく。密度の濃い空間に圧《あつ》されて、そのまま庭の地中に沈んでゆきそうになりながら緑を濡らしてゆく。

小さなジャングルのような庭で薄い桃色のフョウだけが、旺盛な庭の中に所在なげに咲いていていた。そんなフョウを見ていたら、二週間ばかり前に、父のからだから出てきた赤い拳大の塊を思い出した。その塊は赤くて豆乳のような色をした斑点が混じっていた。彼はそれを素手で持っていた。私は鰻を食べるために肝吸いの用意をしていて、三つ葉を切っていたら、後ろから呼ばれたので振り返ると「からだから、こんなものが出てきてしまった」と早口に父が言い、それを手に持っていた。なにかに絞られ続けている父の前腕には、縦の筋が彫られたように入っている。震えるのと同時に生温かいあのむるむるが、私の中を垂れてゆくように流れるのを感じて「それ、まだ、温かい？」と父に聞いた。聞きながら、私は太った鰻の腹を思い浮かべる。温かいに決まってる、今、彼のからだから落ちてきてしまったのだから。それなのに。私はやっぱりむるむるが動き出してしまったのを感じて、まるで相手にならないような凡庸な返答をしてしまうのだった。

私はむるむるをどうすることもできず、包丁を置き無言でビニル袋を広げ、そこに父の体内から出てきた塊を入れさせた。それは鉄球のような重さで、河口近くの匂いがした。

袋を持った父を助手席に乗せて車を走らせた。赤信号で止まる度に、視界にビニルの塊が入り、それが蠕動《ぜんどう》運動をしているように見えた。少し前は稚魚のような動きだったのに、拳大の幼虫みたいな動きに変わっている。ビニル袋を通して見える蠕動運動に共鳴するように私もむるむるする。黙ったまま運転して、いつもの建物に到着し、ビニル袋を渡すと、受け取ったひとの顔が張り詰めたようになり、周りが忙しくなり、父はそのまま収容された。ベッドに寝かされた父が、帰って休みなさいと言い、その通り背を向けたら、彼が背後から「春野、心配かけて、ごめんね」と言った。私は頷いただけで、そのまま家にひとりで帰って来た。からだの奥が痛いくらいに震えるのと表層辺りがむるむるなのとの両方で、止まりたいのに走り出してしまうような自分の気持ちに呆れながらも、ひとりで肝吸いを啜った。

それから父は定期的に液体を体内に注入するようになった。以前服用していた赤黒い粒は父のからだが記憶してしまい、もう役立たずになったからだった。一度その注入に付き添ったときに、隣のベッドで同じように液体を注入しながら横たわるひとに「あんた、まだ若いのに」と声をかけられた。そのひとは頷きながら憐れむような目を向けてくる。父は、ええ、と有耶無耶《うやむや》にぼかして返事した。もう何度も繰り返してきた慣れたやり取りのようであった。若いから、なんなのだろう。年老いていたら、いいのだろうか。誰かのことを、かわいそうに、と簡単に言うことと似ているな、と思う。どうして、誰かが誰かのことをかわいそうと決められるのだろう。

私がじゃっと投げやりに仕切りのカーテンを閉めると、父は困ったような笑い顔で「まあまあ」と小声で言った。

父は小鼻の掻痒感と未明の嘔吐はなくなったが、頭髪と眉とまつ毛はなんの抗いもなくすべて抜け、父の変容はさらに続行となる。毛のないひとというのは、たいそう危なっかしく見えた。椅子の角に皮膚をかすったくらいでも、毛のない無防備な肌がさっくりと割れ、中から血やら豆乳みたいな斑点のある塊が落ちてくるのではないかと不安になった。

水が出たままのホースを持ちながら、父の赤い塊を思い出していた私はすべての毛穴から粘ついたような汗が出るのを感じて、水遣りを終わりにして、父と澄香の待つ車へ逃げるように駆けた。乗り込んだ後部座席で、リールに巻かずに放り出してきたホースは、夏草の中に倒れ込んだひとのような形をしているかも知れない、と思っていたら、父がアクセルペダルを踏み込んだ。

夜がしらじらと明けてゆく。その澄んだ青の中を、わたしたちは進んでゆく。明け方の高速道路は空いていて、加速したわたしたちはなにかに魅せられたように、流線形のひとつのからだになったようになって、進んでゆく。音よりも速く、もっと、もっと速く、このからだを越えて三人で光みたいになってずっと進んで行きたい。

今日のように遠出をするときは、わたしたちはいつも早朝に起きて、出かけた。それは、父が渋滞を好まないからで、たいてい未明の高速道路を走ってゆく。暗いうちに起きて、ようよう着替えて、車に乗る。最初のアクセルは旅のはじまりのサインで、からだが浮くように軽くなる。わたしたちは、いくつもの夜明けの中を、どこか遠くを目指して進んでいたな、と思い出す。

澄んだ青から陽が眩しくなってゆく中、銀色の荒川を渡る。小型汽船が一艘浮いている。川に沿うような大きなカーブを抜けて、直線を駆けてゆく。遮るものなく途切れることのない道路を走り続けていると、時間が前後に、気付かぬくらい薄く薄く、伸びてゆくように感じる。薄く、長くなってゆく時間の中で、車内の空気は濃さを増してゆくようだった。均等に並ぶ白い照明塔を迎えては、追い越す。密集した建物がなくなってゆき、空は広くなってゆく。遠くなってゆくと感じること。案外、東京は小さい。

隣では澄香がわずかに口を開けて寝ている。バックミラー越しに時折、父と目が合う。そのまなじりを見ても、父が何を考えているのか私には全然わからない。ハンドルを握る手が、黄色と紫が混じったようなまだらな色になっている。私は、母の手を思い出す。

母というひとは、私が五歳の頃にいなくなった。私は母の姿を覚えておらず、記憶にあるのは彼女のしろい手ばかりだった。手の振り方が儚《はかな》くて、さよならの合図がたいそう美しかったこと、おでこに触れる指先が冷たかったこと、菜箸を自在に操り、たべものを鮮やかに変幻させてゆくときの面妖さ、湯上がりの肌の水滴を拭き取っていくときの手ぬぐいを通して感じる両の手のひらの心地よさ、手の甲に浮かぶ血管はなぞりたくなるような道筋だったこと、自らの命を断ったそのしろい手はお別れのときもきれいなままであったこと、すべてが彼女の手のことだった。だから私には、しろい手が母だった。またしろい手に触れてもらいたいとか、しろい手の主に会いたいと思ったことはない。気が付いた頃には、わたしたちは父と澄香と私の三人で日々を暮らしていた。周りは、わたしたちをかわいそうな家のひとと思っていたようだが、わたしたち自身は全然そんなことはなかった。かわいそうと決めるのは他人で、それは同じ場所にいないひとの言葉だから。そのひとの近くに、そして同じ場所にいようとするひとは、そのひとをかわいそうだなんて思わない。もしも似たように思うとしたら、かわいそうという憐《あわ》れみではなくて、それはきっと願いに似た気持ちなのではないか。そんなことに最近気が付いた。このところ、初めて気付くことが多い。気付いたり、震えたり、むるむるしたり、目まぐるしい。

幼い頃、日曜日になると、わたしたちは、父、私、澄香の順に縦一列になって自転車で公園に出かけた。ひとしきりの遊びが終わると、敷物の上に寝そべった。日曜日の、東名高速と環状八号線と清掃事務所に囲まれた公園の芝生に寝ていると、誰かがいつか見た夢の中にわたしたちがいるように感じた。ひとびとの声や音ははっきりとせず意味を失ってゆくように伸び、時間はひどくゆっくりと流れていた。芝生には、帽子を被った男性がいつもいて、ゴムの付いた長細い棒のようなものの先に白い紙飛行機を取り付けて、ゴムを真っすぐ下に引いてその手を離し、棒の先に付けた紙飛行機を空へ飛ばしていた。飛行機は真っすぐ数メートル上に伸びていき、自由に空を舞い、やがて落下する。地面に落ちた飛行機を彼は拾い再び飛行機を飛ばす。飛行機が旋回して桜の木に引っかかったりするが、彼は身軽なようですするすると木を登っていき、紙飛行機を回収する。彼は何度も何度も紙飛行機を飛ばしては、その飛ぶ様を見て、落ちてきた紙飛行機を拾った。紙飛行機の向かう先、空を飛んでゆく姿はすべて違い、何度でももっと見ていたい、と幼少の私は思う。落ちるとわかっている紙飛行機を、それでも幾度となく飛ばしたいというこの気持ちはなにかに似ていて、けれどそれがなにに似た気持ちなのかは、今も私にはわからない。

駆け抜けてゆく高速道路は、からだのどこかに沈殿しているいろいろの断片を静かに浮かび上がらせる作用があるのだろうか。

遮音壁に囲まれた道を進んで行く。

「簗《やな》に行こう」

体内から赤い塊が出てから数日家を空けて帰って来て言った父の声は、とても静かで、でも私の震える場所に届くように感じた。だから、今年も簗の傍の毎年泊まっている宿に一泊しよう、とわたしたちは決めたのだった。

簗に行こう、という言葉は、夏の小さな旅をしましょう、というわたしたちの合言葉だった。

簗は、鮎が解禁になると架けられる鮎漁のしかけの一種で、川の一部に架けられた簗は竹で組んであり、川の水を堰《せ》き止め、川の流れを急にして流れこんで来た鮎を捕る。川岸に蛍がいた頃は、川の水のうねりと共に放り出された鮎を手で捕まえることができた。けれど、いつからか、素足になって川の水へ入り堰まで近付いても鮎の跳ねる姿は見えなくなっていた。

わたしたちが毎年のように訪れている簗は、そもそもは父と母が好きな場所だったと聞いたことがある。あのしろい手は鮎を捕らえたのだろうか。しろい手に捕らえられた鮎は、抵抗などできず、冷たい指にただ身を任せるしかなかったのではないだろうか。

夏の旅を決めて何日か経った頃、月居さんと青山さんが家にやって来た。澄香と私は夕食のための茄子の煮びたしや、それに乗せるみょうがやしそを刻んでいた。

「連絡もせず、突然すみません」

「妙な感じがしたもので」と言った青山さんの腕を月居さんが軽くはたいた。彼らは、糊のきいた白いシャツを着て、よく磨かれた革靴を履いていた。額には汗が滲んでいる。肌は、紫や黄色でもない健やかな色で、頭髪も眉もまつ毛もあった。グレーの半袖シャツとベージュのコットンパンツ姿の父が左足を擦りながら玄関に現れると、彼らの呼吸が少しの間止まったように見えた。

「毛がなくなってしまったから、驚いたでしょう」父が笑いながら言った。

「まつ毛もないんだよ、ほら」と父が顔をふたりに寄せる。

「ああ、本当だ」「今度、帽子を買ってくるよ、とびきりのやつ」「三人で一緒の帽子を作ろうか。でも自分は帽子が似合わないんだった、ほら、後頭部の形がまっすぐでよくないでしょう」と青山さんが後頭部を父に見せる。父が笑う。月居さんも、青山さんも笑っている。彼らは少年のように見えた。

中華料理屋の夫妻の故郷のものだというさつま揚げと、月居さんが作った梅酒と白茄子と万願寺唐辛子をもらった。父は「ちょっと、出かけてくるね」と言い彼らと外へ出た。心配になり止めようとすると、月居さんが「家まで送りますから」と言い深くお辞儀をした。その晩、父は本当に久しぶりに酔って帰ってきて靴下を廊下に脱ぎっぱなしにした。くしゅっとなったふたつの黒い靴下を私は写真に撮った。

大谷PAに寄る頃には、辺り一面明るくなっていたけれど、澄香はまだ眠ったままだった。大谷PAは父の好きな首都高速の大井PAや、箱崎PAといったパーキングエリアに似ている。父の好きなパーキングエリアは、飲み物の自動販売機とトイレと細長い休憩スペースという必要なものだけが在る場所で、そこは時空のポケットみたいだった。少し前までは自分たちが流れていた場所を、すぐ横のパーキングエリアで走り抜けてゆく車の切ないような音を聴きながら眺めていると、自分の居場所がどこなのかわからなくなるような、そもそも居場所などないような、そんなことをゆらゆらと思いながらも妙な安心感を覚える、それが父の好きなパーキングエリアだった。

大谷PAで短い休憩をしてから、父と運転を代わる。もう街の姿は見えない。際限のない空と緑の広がるような景色が、私のからだの外枠を伸ばしてゆくのを感じる。やがて山間《やまあい》の出口から下道へ降り、国道を進んでゆく。単線の線路が国道と並行して走っている。道沿いには大きな看板のある駐車場の広い飲食店が疎《まば》らにある。看板は変わりやすく、もしくは閉店になるかで、来る度に街の数が減っているように感じる。ひとのいなくなった建物は朽ち、植物が呑み込むように絡みついている。崩れてなくなってゆく途中の建物や、残骸が、目立つ。もうすぐ閉鎖すると聞く電気機器の工場を過ぎると、周りは田になる。田に建つ鉄塔が、向こうまで続いている。

「ねえ、あの雲なんの形に見える?」

眠っていたはずの澄香の声がして、それが寝起きのものではないはっきりしたものだったからいつ起きたのだろうと思う。バックミラーで確認すると窓の外を見ている。

「どの雲?」父が、澄香の側の窓を覗きながら聞く。細かい石が転がるような乾いた声だ。

「あれ、あそこの鉄塔の右上辺り」

「あれは国芳の描く猫だな」石みたいな声で父が答える。

「そうだね。ちょっとふてぶてしい感じがする猫ね。ここで急に雷でも来たら、一気に北斎っぽくなるね。ねえ、春野はなにに見える？」

「うーん、煎り豆腐」国芳も北斎もよく知らない私は見たままに言う。

「え、煎り豆腐には見えないでしょ、強いて言えば餃子の耳かな」

髪と眉とまつ毛のない父の目が細くなる。国芳の猫であり、煎り豆腐であり、餃子の耳である雲へ向かって運転して行く。

「あなたたち、雨の切れ目を覚えてる？」まだ窓の外を眺めている父が尋ねた。

「雨の切れ目って？」

「雨の降っている場所と、降ってない場所の境界線のこと。あなたたちが小さかった頃、簗に行った帰りの車の中で、その境界線を通り抜けたの覚えてない？」

「私は、覚えてる。ちょっと、怖かった。雨が降っていたはずなのに、一瞬で無くなっちゃったから」澄香がゆっくり言った。

降る雨を眺めるのが好きだった。終わらない雨を見ていると、自分が空洞になってゆくようだった。自分にはなんにもなくて、そもそもはじめから空洞で、いろいろなものはただ自分の中を通過してゆくだけで、まあそれでよい、などと落ち着く。小さい私は雨が好きな理由などまだわからないままに、フロントガラスを打つ雨を父の肩越しに見ていた。真夏の雨の降りしきる誰もいない道路をわたしたちは進んでいた。車はアスファルトに跳ね返る雨粒のしぶきを作りながら駆けてゆく。それが、ある地点で空間が突然切断されたように乾いた夏の景色へと変わった。わたしたちだけ別の空間に飛び越えてしまったようで、怖くなって過ぎて来たばかりの後ろを振り返ると、そこでは雨が降り続いていた。

「私も覚えてる」と答えてから、若かった父と幼い澄香の容姿を思い出そうとしたけれど、肌や髪の感じも、背丈も思い出すことができなかった。わたしたちは、あのとき雨の切れ目を本当に通り抜けたのだろうか。それすらも不確かな気がしてくる。

一段高くなった塚に五、六基の古い墓石が見えてくる。この辻を右折すると野の中に、一軒の魚屋が見えてくる。海に面していないこの場所で、どのように仕入れをしてくるのか、どういったものを置いているのか、過ぎるだけなのでわからない。暑さの中でも湿っぽいような魚屋の角を曲がり、しばらく走ると、白いタイルの簡素な造りの三階建ての温泉宿が見えてくる。その向こうには簗の架かる川がある。

宿の駐車場に着き、ドアを開けると、蟬の声が聞こえた。重なり合いながら仲びてゆく蟬の音をしばらく聴いていると、この場所の奥行が遠くまで広がってゆくようだった。蟬の鳴く音が、場所のありかを湧き上がるように示している。広がりゆく場所は感じるけれど、やっぱり目には見えなくて、自分の知らないところにもどうやら場所が在るようだ、と思い、そうして蟬の音によって場所が無限に広がってゆく中で、もの悲しいようなこころもちになる。

宿へ入ると、薄暗い受付に唇の薄い痩せた女のひとが座っていた。いつもここにいたのは、福々とした表情で、丸みを帯びた線の女のひとで、わたしたちが、午前の早い時間帯に到着しても「今年も遠くまで、どうも」などと受付の中から出てきて、その年の鮎について語ってくれた。違う受付のひとなので、朝のチェックインになにか説明が必要かと思うが、父が名前を告げるとノートを確認し、爬虫類が口を動かすのに似た感じで薄い唇を開け、部屋の番号を言った。差し出された部屋の鍵は、生温かい。

「あの、去年までこちらにいた女性は今日、お休みですか?」擦れた声で父が聞いた。

「いえ、休みじゃないですけどね」不吉なことを孕《はら》むような物言いで、「まあ、あのひともね」などと口はわずかに開けたままで、彼女は視線を逸らし、あとのことは言わない。

わたしたちは去年よりも影の濃いような廊下を、急に重くなったようなからだを感じながら部屋まで歩いて行った。

あそこにちんと座っていたあのひとは、去年どんな風だったろう。わからない。部屋の畳に転がり、窓の向こうの川と対岸の森を眺めているとぬめっているような気持ちは私からひっそりと遠くなり、深い呼吸ができるようになる。父も澄香も畳に転がっている。手や足を伸ばしても届かないくらいの距離を取って、わたしたちは寝転がっている。父の素足の色は手と同じように紫と黄色のまだらになっていた。脇腹辺りがむるむるし始めたので、グレーのペディキュアをした澄香の足の指へ視線を移す。

「きゅうりのにおい」

父が乾いた声で言った。

「きゅうりの匂い、する?」澄香がグレーの足の指をひっくり返して、半身を起こして聞く。きゅうりの匂い、きゅうりの匂い、と私は部屋のなかの匂いを嗅ぐがこれといった匂いはしない。

「天然の鮎は、きゅうりの匂いがするんだ」

父はそう答えると、毛のない頭をまだら色の手で撫でた。毎年鮎を食べているのに、匂いのことなんて知らなかった。

それから、わたしたちは宿の裏の簗の傍まで鮎を食べに出かけた。わたしたちの影をも消滅させるように垂直の陽が照っている。短い距離なのに背中や乳房の間から汗が湧き出してくる。父はそんな中で、汗も浮かず、なにかに絞られて流木のようになったからだで左足を乾いた道に擦り付けるように引き摺り歩いていた。

簗の傍の平屋の天井の高い食堂へ入る。壁には、斜め右に上がる傾向の黒マジックの字で書かれたメニューが鋲で留めて貼ってある。見渡せる調理場には祖父、息子、孫と思われる三世代がエプロンを着て、孫にあたる女のひとは乳児を紐で背中に括《くく》り付けている。乳房が突き出ている。お客は、誰もいない。以前は、もっとお客がいたような気がするけれど、その記憶も朧《おぼろ》だ。

鮎の塩焼きを待ちながら麦茶を飲んでいると、力強い泣き声が調理場から聞こえてきた。背中に括り付けられている子が顔を皺だらけにして泣いていた。

「この間ね」と澄香が話し始める。

「この間、本社のひとが来て、仕事終わってから、みんなで食事したの。駅の近くの、あのいつも行くお店」

本社のひとは、澄香と毎年雇用契約の更新を交わすひとで、年に数回現れては澄香が毎日整備している施設の所長に挨拶をする。ナバタメさんと同じ歳くらいで、こどもが三人いて、制服ではなくてスーツを着ていて、小ぶりで品のよいピアスを付けていて、歩く姿はそのまま棒高跳びをしそうな歩き方で、ポールを刺す場所を常に狙い定めている上、確実にポールを刺し、大きく飛んでゆくように見える（と、澄香が言う）。

制服が半袖となった澄香は、まだスローガンを掲げさせてもらえていないという。私は会社の近くの神社の盆踊りに業務として参加するべく、お昼休みの後に妻子と別居中兼週二日同居中の主任と踊りの練習を始めていた。主任の動きは完璧で、飽きることなく眺めていられた。曲が流れ出すと、三年目だからなのか勝手にちょちょんがちょん、と手拍子を始める自分のからだに、気持ちが一歩遅れるようなずれを感じながらも曲は進むので踊り続ける。からだが踊っていると、置いて行かれる気持ちを感じて、ならば、からだと気持ちが一致すれば完璧な盆踊りが踊れるのだろうか、と斜め後ろに両手をその指先まで伸ばしながら思う。

「下がって、下がって、まーる描いて、まーる描いて、まーえ、まーえ、みーぎちょん、ひだりちょん」主任の声に合わせてからだを動かす。はー、よいよい、来年も私はこうして踊っていられるだろうか、とからだを追うようにしてうっすらと考えてはひたすらに主任と踊る毎日だった。

父が、まだら色した手で麦茶の入ったグラスを口元へ運ぶ。つられて私も飲むと、澄香も少し口にしてから話を続けた。

「毎年、父と姉と三人で簗へ行くんです、って話したら、おとなになっても、毎日一緒にいて、旅行にも行くってすごいよね、ってナバタメさんが言ったの」

それのなにがすごいことなのだろう。

「なにがすごいんですか？　って聞いたらナバタメさんを遮って本社のひとが言うの。仲がいいわねって。でも、そろそろあなた自分の家庭を持ちたいって、思うでしょう、って言うから、いやあ、全然思わないですって答えたら、あらあらって笑って、他のひとに、そういえば所長さん随分日焼けしてたわね、なんて急いで話しかけてた。家があるのに、家をわざわざ出る必要ある？　家族に甘えられるって、すごくいいことじゃない？」

すごくいいことだ。家を出たいとか誰か別なひとと暮らしたいとか思わず、このまま土鍋みたいな三人で暮らしたいと思っていて、去年の今頃も、一昨年の今頃も同じことを話していたね、と三人で言い合う積み重ねが、来年の今頃もまた同じことを話していたいという想いに繋がっていて、それはどこか間違っていることなのだろうか。

「へらへらしながら、壁際のナバタメさんの隣に席を移ったの。そしたら、ただ、俺は羨ましくて、だからすごいねって言ったんだよ、ってナバタメさんが言うの。それから、誰かが誰かの幸せの形を決めるのって横暴だよなって言ってた」

「うん、横暴かも知れないな、それは」父が、なにかを思い出すようにして応えた。

私は昔わたしたちのことをかわいそうと呼んだひとたちのことや、父のからだについて寄せるひとびとのまなざしを思い出す。

鮎の塩焼きを、息子が運んでくる。

「笹の葉みたい」と澄香が言う。

「そんなに小さい？」と思わず返したけれど、それは、とてもささやかな大きさだった。鮎の背びれを外し、背中から噛む。身は、頬の内側をやわらかくするようにわずかに甘い。飲み込んだときに、きゅうりの匂いがした。

「きゅうりの匂い、するね」「うん、する」

「するでしょう」

父は、魚を食べるのが上手だ。骨からきれいに身を剝がして食べてゆく。魚だけではなく、海老や蟹も上手に食べ、難儀している澄香や私を見ると、食べやすいようにしてくれた。

簗には、誰もいない。川には、腰まで浸かって釣りをしているひとが二、三人いる。川面は、その流れで所々が鮮やかに跳ねている。蟬の音は果てのないように続いていた。

夕食の前に、澄香と湯殿へ行く。脱衣所には、湯上がりの、上気した女のひとたちが裸で椅子に座って、おしゃべりしている。その言葉遣いからこの土地に住むひとたちだとわかる。宿泊客ではなく日帰り湯の利用客だろう。彼女たちの豊かなからだは、いきいきとしていた。夏休みには、孫が来る、いいねえ、うちは忙しくて来られない、うちはこどもらが何人も集まるから大変、と話し込んでいる。

澄香と私は、場違いのように感じ、そろりと裸になると彼女たちの脇を通り、湯殿に入る。そして並んで腰かける。からだを洗う女のひとたちは、湯上がりのひとたちよりも、どこか淋し気で孤独に見えた。自分の髪やからだを洗う姿は、叶わないなにかを願うような姿に似ていて、湯気の中にその想いが浮いているようだった。

澄香は、洗顔をして、髪を洗い、指先からからだを洗い始める。

「澄香、指から洗うんだ」

「そうだよ」

澄香の肌の色は、私よりも濃い。父の肌の色に似ていて、私はおそらく母の肌の色と似ている。

澄香が腕を後ろにまわしながら、肩甲骨を洗っている。

「澄香、背中洗ってあげる」

返事を待たずに澄香の握っていたタオルを持ち、背中を洗ってゆく。うなじから始めて、両肩、浮き出た背骨は壊れてしまいそうで、それは澄香の悲しみの符牒《ふちょう》のようにも見えて、だから丁寧になる。二十九歳の妹の背中を洗ってあげる。

「ありがとう。じゃあ、今度は春野ね、後ろ向いて」

「はい」

澄香は、私の肩に軽く自分の手を乗せ、たくさんの泡で洗ってくれる。

「もっと力込めても大丈夫だよ」

「だって、怖いじゃない」

澄香は、すぐに怖いと言う。

「背中の、このほくろ、好き」

澄香が泡の上から、私の背中を指先で、すっとなぞる。鳩尾《みぞおち》辺りがきゅっとなる。

なにもかも流すように、湯をからだにかけて、ふたりで屋外の湯へ行く。蟬の声はもうしない。東京の烏より小さくて羽根の色も落ち着いている彼らが向こう岸の森へ帰ってゆく。

「ねえ、あのひとともう一度会ったりしないの?」前髪から湯を滴らせながら澄香が聞く。私は湯の中の自分のからだを見た。

そのひとは、口づけることの上手なひとだった。舌からその先へと自分がゆっくりと食べていかれるようで、食べられて自分がだんだんと無くなってゆく感じが途方もなくよかった。私は無抵抗で、ただ、そのひとに食べられていた。何度も、何度も。飽くことなく、繰り返すただふたりだけの行為。互いのからだと少しの言葉があればそれでよかった。喧嘩みたいなことをしようが、ふたりのからだがあることを確認すればすべてどうでもよくなってしまう。途中の、時折痛くて、その痛みが引いてゆくところは、なにもない水に浮かんでいるようだった。

十代の頃から多くの時間をそのひとと共にしていた。去年、そのひとと数か月間暮らした家から、父と澄香の家へ戻って来た時にふたりはあまり驚かなかった。こういう結末に至ることをわたしたちはなんとなく知っていたのだと思う。

誰もおやすみなさいと言い出すことはなく、家に戻って来た私と、父と澄香は居間で寝転がっていた。まどろみながら、今夜はいつもより長い夜だな、と思った。辺りは静かで、少しだけ開けたカーテンの間からは眠っている人々の見る夢が浮遊しているような、夏の終わりの夜だった。

「どうして、こうなっちゃったんだろう」違う道筋をまだ少しだけ想像ができてしまい、思わず言葉にしてしまう。「私がこんなにんげんだから、だめなんだね」と付け加えた。

「物事に理由なんてないこともあるんだよ」私に背を向けて寝転んでいる父が言った。

「すべてに理由があるとしたら、つまらないじゃない」と父が続けた。

父の背が少し滲んで見える。ごめんなさい、と私は謝りたくなり、でも誰に謝りたいのだろうと思い、それは遺伝子に対してかも知れないなどと考える。私は遺伝子を繋げることを拒否したのだから。

何度かそのひとと話し合って、一緒にいることを終わりにしようと決めた。罵りあった後なのにそのひとが、このまま終わりでいいのかな、と言う声が、ふたりが気持ちを寄せ合わせ、絡めてゆく頃に聴いていた声にあまりにも似ていたものだから、私はわからなくなってしまった。そして、苦しいくらいの気持ちだった頃を思い出す。

もう一度、信じるように彼を見ると、目の前にいるそのひとは、私の全然知らないひとに見えた。遠い、そう思った。彼が、遠かった。知らない場所に、そのひとは立っている。長い指も、そのきれいな形の爪の半月も、好きだった首筋も、見えない。すぐそこにいるのに、もう、いない。もしかしたら、しばらく前から、いなかったのかも知れない。私に向けるそのまなざしで、彼も、私を遠い、と思っているのがわかった。だから、終わりにした。そのひとのどこがよかったのか、と澄香が私に聞く。言葉とからだ、それって最高じゃないの、そうかもね、私もあの人、好きだったよ、春野、まだ想ってるんでしょ、戻りなよ、と澄香に言われた。けれど、私はそのひとと一緒にいるだけならよかったのに、彼に家族を作ろう、と言われた。こどものいる生活を語る彼を見ていると、彼の係累がひとりずつ増えていき、私を囲むように思えた。知らない彼の血縁が、私にこどもを産め、と言っている。こどもは、いらない。そう告げると、彼は悲しい顔をした。そして、私は生家に戻った。

家族は、作るものなのだろうか。父と澄香と私の関係が土鍋みたいなものだとしたら、それは作るというよりも、もっと有機的な関係じゃないのか。強い火に割れないためにいいひびを作り、ひびが深くなり始めたらもう一度手入れをする。ひびはなくてはならない。ひびのない完璧な形になると、壊れてしまうから。だから、ひびを大事にしながら過ごすのだ。そうして、永く一緒にいられるように、そう願ってわたしたちは過ごしてきた。

家庭を築くという表現を見聞きすると、私は虚ろにしている自分を中空から覗いているような気持ちになる。そして、澄香もまた家庭を築くという言い回しを遠ざけてきた。けれど、わたしたち姉妹のこの気質は、決してしろい手のひとに起因するわけではない。

「わたしたち、おとうさんの遺伝子を残すことができないかも知れない姉妹だね」

澄香の声は悲壮感もなく、悪びれるふうでもなく、感傷的でもなく、どこか清潔さを感じさせた。澄香の湯から出ている裸の半身に西日があたっている。青い血管の透けた乳房から腹部にかけての線が美しい。私の妹は、美しいひとなのだ。澄香のからだは、彼女だけのものだ、と唐突に思う。父のからだも、父だけのものだ。そして、私のからだも、私だけのものなのだ。他の誰も所有できない。「そうだね」と返事をして、私も澄香と同じ高さで座る。

「鮎、美味しかったね」

「うん」

「きゅうりの匂いがしたね」

「したね」

今日食べたばかりの鮎の匂いを思い出そうとするけれど、もう思い出すことができない。私は、なんでも忘れてしまう。忘れたくないことばかり、抜け落ちてゆくようにするすると忘れる。張り付けたいほどのいくつもの瞬間すら、忘れてしまう。こうしてすべて忘れていってしまうとしても、今日の鮎の匂いは私の中に残したい。

湯浴みをしながら、からだのどこかに匂いの端が未だ残っていないだろうかと、鮎の匂いを探す。探し続ける。

地平線の場所

外は新しい服に袖を通す時のような清々とした気持ちになる空気が広がっている。空は高くてどこまでも透明でいて、空に吸い込まれそうで、だからなのか少し淋しいような気持ちになる。いつも、たいてい少し淋しいような気持ちだけれど、その純度が高くなって淋しさが決定的になって、ひとつずつ結晶のようになってゆくようだ。

棕櫚が揺れる。風が吹いている。風のはじまりって、どこなのだろう、などと思うのは、やはりこのあまりに透明な空気の中にいるせいなのだろうか。そんな空気の中で、庭へ滅多に出なくなった父の代わりに私は庭の手入れをしていた。植物たちの成長は止まり、庭は成熟を迎えている。そして、また寒さが来ることを朝を迎える度に感じながら、粛々とその準備を進めているようでもある。昨日、薔薇が咲いた。この薔薇は、しろい手のひとがいなくなった頃に月居さんと青山さんが植えてくれたものだ。父が挿し木をしながら増やした。温かな頃の薔薇と比べ葉も花弁も落ち着いた色をしている。この薔薇が散ったら、次の春のために枝を剪定する。毎年、父と剪定していたけれど、今年はおそらく私だけでやることになる。大丈夫でしょう、あなただけでも、と父は言う。散ってゆく花弁や、落ちてゆく葉とその言葉が重なり私の中の淋しさの結晶が、切先のように鋭くなってゆくようだった。部屋の花瓶に挿すためにいくつかの薔薇を摘み、足元に夥《おびただ》しく落ちている木蓮の枯葉を拾い始めた。一枚、また一枚と拾ってゆくが、枯葉は無くならない。むしろ増えてゆくように感じる。減らしているのに、増えてゆく枯葉の中で、ごめんねという言葉が増えた父を想う。

父のからだの節々は、皮膚直下に絶えず何かを滞留させているかのようにわずかに膨張していた。まぶたや、頬や、指、足首がぼんわりしていて、輪郭が変わり、毎日少しずつ父とは別のひとのようになってゆく。父自身、輪郭の変わったからだを持て余しているようだった。朝起きて洗顔しようと洗面台に立つ時、靴下を履こうと屈む時、シャツのボタンを留めてゆく時、布団から変更したベッドに端坐位になる時、おはようと言う時、おやすみと言う時、父が戸惑っているのがわかる。父の気持ちとからだの間はどんどん離れて、深くなってゆくその溝に、暑い頃に目にした蠕動運動をしていた河口近くの匂いのするものが、増幅してゆく。それは薄い闇のようになり、父のからだ中を自由になめらかに往来しているようだった。

「少し先の目標を決めるんだ。再来週月居さんと青山さんと庭で銀杏を焼こう、とか、あなたたちとどこか近場の温泉へ旅行しよう、とかね」父は抵抗するように言う。父の瞳の、その薄茶の湖は、雨粒が一滴落ちたくらいにわずかに揺れる。気持ちとからだが離れてゆく時に、父の湖が小さく揺れるのを私はただ見ていた。

父はたべものすべての味を砂のように感じていて、土鍋で炊いた新米も、七輪で焼いたしいたけも、「これも砂だ」と口に入れる度に静かに怒るように言った。そしてたべものを残す時に「ごめんね」と言う。起き上がることのできない朝、高熱を出した真夜中、休みながら進む道の途中、ごめんね、と言う。

澄香と私は、炒《い》ってから、すり鉢ですったごまで和え物を作ったり、バターと小麦粉を根気よく炒め続けたルーでビーフシチューを作ったり、より時間をかけて料理するようにしていたけれど、すべてを砂と父に言われた。砂と言われると、私はからだの奥が震えて、同時に例のむるむるも始まり、身の置き所がわからなくなる。正しいと思っていた位置にいたはずなのに、そこは全然正しくない位置で、じゃあ一体どこが正しい位置なのか、もうその位置を探すこともしんどい。そんな時は少しの間、窓辺に行って庭を見て息をゆっくりと長く吐いた。そして、しろい手を想ってみたりした。すると、震えるのもむるむるも遠のいてゆき、私は私というからだから剥がされて、正しいとか正しくないとかそういった概念も取り払われ、私はもっとずっと単純なものとなり、しろい手の中で放られているように感じるのだった。ひとは、生きているものより生きていないものに助けられることもあるのだ、と私はまた初めてのことをひとつ知る。

今夜は、すき焼きにしようと澄香と計画したのは、明日父が例の建物内で観察されるからでもあった。付き添わなくてもいいと言う父に、澄香と私は明日仕事を休んで同行する。午前中に澄香とデパートへ行き、特上の牛肉といい卵を買ってバスに乗った。

「渋谷の底は、もうこれくらいでいいのにね」246号線の坂道を上がり始めたバスの中で澄香がライダースジャケットのファスナーを開け、キャメル色のスカーフの結び目を直しながら言った。

渋谷はここのところずっと穴を掘られている。底だったはずの場所からさらに底が深まってゆく。方々の坂の終わりの底が渋谷だったはずなのに、地下へ地下へと終わりを掘り続けているので、どこまで行けば終わりなのかわからない。

「雪の日から、もうすぐ一年が経つね」「そうだね」と私は答えてから、あの雪のバス停で澄香と約束したように、日々をあまさず生きているのだろうか、と考える。が、未だにあまさず、の意味が私にはよくわからないのでバスにブレーキがかかり動きが止まった頃合いに聞いてみる。

「あまさず暮らすって、未だにわからないし、私できてる？　とりあえず、おはようとかおやすみは言ってるけど」

「できてるよ」

「そう？」

「三人で同じ場所にいて、ちゃんと同じものを見ているでしょう」

「うん」同じものを見ているのかは定かではないけれど、頷いた。

わたしたちの見慣れた246号線は首都高速の真下を通っているので、いつも薄暗い。この薄暗さが案外心地よいと感じるのは、時間や天気などにたいして影響を受けない安定した暗さのためかも知れない。その変わることのない暗い道のバスの後部座席で、終わりというのは便宜的にそう呼んでいるだけであって、終わりも地下へ延びてゆく渋谷の底のようにいつまでも続いて行くものなのではないだろうか、などと思った。

家へ着くと、父はベッドで眠っていた。しらたきを買い忘れたことに気が付き澄香が買いに出かけたので、私は庭へ出たのだった。

枯葉に囲まれて、ぼやぼやしていたら後ろで窓を叩く音がした。輪郭の歪んだ父が立っている。窓越しに父と向かい合うと、儀式めいたような気持ちになり私は慌ててサンダルを脱いで父の横を通り抜けキッチンへ向かった。澄香はいつの間にか帰って来ていて、土鍋で白米を炊き始めていて、もう弱火の段階になっている。

「ただいま」

「おかえり」と答えて、私はすき焼きの準備のため、肉厚のしいたけ、香りのよい春菊、太いネギ、ひえびえとした豆腐屋の焼き豆腐を切ってゆく。カセットコンロを取り出し、食卓へ出して、その上にすき焼き鍋をセットする。

土鍋の白米が炊きあがったところで、三人ですき焼き鍋を囲む。割り下を鍋に入れ温める。卵を碗に割り、搔き混ぜる。黄身の張りが強くいい卵だ。ほれぼれする。割り下が泡立ち始めるのを確認すると、まず、肉を一枚入れる。赤身の色が変わり「どうぞ」と、父の碗に肉を入れる。父が卵と絡めて口に入れた。澄香と私はその様を見ている。

「美味しい」

久しぶりに聞いた父の美味しいという言葉に私の奥が震える。嬉しくて「もう一枚」とまた肉を入れる。「澄香も食べて」ともう一枚肉を入れる。うちのすき焼きの食べ方は、割り下を温めたら、まず肉だけを煮て二、三枚食べてから、割り下を少し足して野菜を煮て食べる。最初から野菜と煮ると水分が出て割り下も薄まるので、最初に肉だけを煮た方が肉の味を味わえる。卵は、割り下が混ざって色味が変わってきたら、もったいぶらずに新しいものへ代える。春菊は煮すぎず歯応えのある程度が美味しい。最後に土鍋の蓋を開ける。開ける瞬間に、今わたしたち多分同じことを思っている、と感じた。この瞬間がたまにでもいいから続きますように、と思っている。

白米を食べ終えてから、大きな梨を剝く。一昨日の晩に、月居さんと青山さんが持って来てくれた梨だ。その晩、父は微熱があり、まぶたが腫れて瞳はいつもの半分くらいの大きさになっていた。少しばかり父と話をしてから帰って行った彼らの後ろ姿は、探しものをしている途中のようで、だからなのか夜の闇にすぐに馴染んでいってしまった。

今夜、父の瞳はややまぶたに隠れてはいるが、以前と近い形をしている。

「週二日同居の主任さんは、元気？」澄香が梨に手を伸ばしながら聞く。

「元気だよ。たまに週三日同居してるみたい」

「増えたんだ」

「でも、週一日の時もある」

「週一日って、同居っていうの？」

「本人が同居と思うなら、同居でしょう」父がさもありなん風に言い、わたしたちは、またああそうか、と腑に落ちる。

「澄香は、展覧会の時期だね」三つ目の梨を食べながら父が言った。今夜、父はよく食べる。

「うん。毎日作品が運び込まれて、そのせいか建物の色合いが何重にも増えていくみたい」

澄香の勤務する施設の中の文化センターでは、この時期になるとその街に暮らすひとびとが絵画や短歌やパッチワークや焼き物や詩集などありとあらゆる創作物を持ち寄り展覧会が開かれる。そのレイアウトを澄香はボランティアとして仕事の合間に手伝っていた。

「今年はナバタメさんも展示を手伝ってくれてるの。結構いいセンスしてるよ」

「なんとなく、わかる」ナバタメさんは、きっと、誰かが作ったものをしごく当然のように大事に扱うことのできるひとだ。

父は四つ目の梨を手に取った。

「作ったひとに会ったことはないけれど、毎年出展する作者の作品に触れていると、こんなひとなんじゃないかなってそのひとのことを想像できるようになるの。会って話すよりも、伝わってくるものってあるよねって、ナバタメさんと話してる」

澄香の言っていることは、私がしろい手を想うようなことに通じているのだろうか。

「ナバタメさんは、みんな帰って誰もいなくなった展覧会の夜に作品に囲まれながらいつか眠ってみたいんだって」

「夢殿のようだね」四つ目の梨を齧《かじ》りながら父が言う。

「夢殿?」

「夢を見るために、籠る場所のこと。古来からひとびとは夢を乞うていたんだ」

「何のため?」

「お告げだとか神託を受けるため。でも、堅苦しいことではなくもっと純粋に、ただ深い場所で何かと繫がりたいからじゃないかな。目に見えないものだとか、いないものだとか、そういったものと夢で繫がりたいって思うからじゃないかな」

「私は怖いかな」

父と私のやり取りの後に澄香が、また怖いと言った。

「怖い？」

「怖いよ。だって眠らなくても思念みたいなもので今溢れかえっていて、施設まるごとひとつの生命体みたいになっちゃっているし。私はもう少し規模の小さな展覧会を夢殿にしたいかな」

三人で茶を啜る。たとえば、この家だって夢殿だ。わたしたちは無意識のうちに繫がっている気がする。土鍋の蓋を開け続けたい、と思っていることだとか、しろい手を想うことだとか、そういう気持ち。たぶん、繫がっている。


夜半に目が覚めると落ち着かないような感じがして、階下へ行くと洗面所が明るい。水の流れる音がする。

洗面所で父が、下着を洗っていた。汚れた水が流れている。鏡の中の悄然《しょうぜん》とした父が、私に向かって何か言おうとするので、「大丈夫だから」と自分に言ってるのだか、父に言ってるのだかわからないままに言う。そこへ澄香が汚れたシーツを抱えて来た。

「春野、私がやるから寝てて」

「手伝うよ」

「最近、春野も疲れてるみたいだからいいよ」

「ごめんね」父が小さな声で言う。

「謝らないでよ」私は蛇口を閉めた。

「新しいシーツに替えたから、もう休んで、ね」澄香が父の背に触れる。

「ごめんね」また父が謝る。

「謝らないでいいよ」思っていたよりも私の語気が強くなり、父の薄茶の瞳が暗くなった。父は何も言わずに跛行《はこう》しながら廊下の奥へと進み出した。

「おやすみ」澄香が、父の背に向けて呼びかける。

「おやすみ」父は振り向いて静かな声で応えた。

「おやすみ」再び背を向けた父に私は小さな声で義務的に言う。誰も悪くないはずなのに、もっと明るいことを考えてもいいはずなのに、ただ純粋に楽しんだっていいはずなのに、思い切り何も気にせず笑ったっていいはずなのに、希望の一端を、いや、まるごとで感じてもいいはずなのに、わたしたちは悲しまなくてはならない。嬉しいときも悲しい。ただ、おやすみまた明日と言うことが、ひどく難しいことのように感じる。

「ここのところ、何回かこういうこと、あるの」

洗面台で父の寝間着を洗いながら澄香が言った。

「知らなかった」私は、何も知らなかった。

「寝間着もシーツも夜中のうちに乾燥機にかけちゃってたからね」

「何も知らないで、ごめん」

「大丈夫だよ、ほら、おやすみ」鏡越しに澄香が泣いてるのか笑っているのかどちらなのかわからない表情で言った。

むるむる、むるむる。むるむるむるむるむるむるむる。私の肌の下を、ぬめぬめしたむるむるが這い回る。私をゆっくりと鈍麻させてゆく。暗くしたままの居間のソファに私は座った。しろい手が、ぼんやりと暗い中に浮かんで見える。

そのまま私は眠ってしまったようで、寒気を覚えて目を開けると隣に父が座っていた。違和感を覚え、もう一度隣を見る。似ているが、父ではない。

あなた、誰？

わたしは文雪のありますよ
声が、おかしい
なにをおっしゃいますやら、やら、やら

へんな言葉遣い
ぐふふふ、話すことを覚えたばかりだから、けれども、ほらもうこんなに上達してしまいましたのです、直にもっと上手になりますでしょうに
やめてよ
茶が、おいしい、まあ、水分も然りですが、わたしはね、肉が好きなんですよ、ほら、また今晩のように上等な肉を焼いてくださいな、春野
私の名前、気軽に呼ばないで
あなたのわたしは父親ですよ
違う
おとうさんの中にいる悪いものでしょう
ふははは、私はね、ひび、なんですよ
あなたは、ひびなんかじゃない、偽物のひびでしょう、だから出て行って、最初は稚魚くらいだったのに、勝手にどんどん大きくなって、出てってよ
できませんね、わたしは文雪です
名前、言わないでよ、ひとのからだを貪って、貪りつくしたら、あなたもやがて消えてしまうの、あなたが増えることで、あなたは終わりに近付いているのに、どう

してやめないの?
ひひひひ、おかしなこと言いますね、それはあなたとて同じことでしょうに
同じってどういうこと?
野暮なこと聞かないでくださいよ、この瞬間も、あなただって終わりに向かっているのでしょうに、いや、終わりじゃなくて、進化ですな、俺は、ひびであり、進化の過程なのです、俺と一緒に進化していこうよ、ああ、腹が減ったなあ、蛋白質がほしいなあ、ああ、足りない、足りない
もう、やめてよ
「もう、やめて、これ以上わたしたちを壊さないで」涙が零れる。
春野、泣かないで。ごめんね。あなたを悲しませて、心配させて、ごめんなさい。謝らないでよ。また、むるむるするじゃない。悲しいだけにさせてよ。悲しいだけに浸かっていられるんだったら、もっと楽なのに。煩わしい、煩わしい。でも、煩わしいよりももっと辛いのは、生きていてほしいと願うことだった。ただ、生きていてほしい。明日を、生きてほしい。それだけ。だけど、叶わないことだから、だから煩わしくて嫌気がさすふりをしてきた。だけど、もういいや。私は、一生懸命願うことにする。あなたを願う。むるむるもすべてあまさず引き受けて、それでもなお願おう。

明日、また、あなたと会いたい。すべて、まるごと、あまさず、からだに受けて感じながら私は願う。

川辺を進む車中から、わたしたちは夕暮れを見ていた。

空の下方のビルの群れや、建設中のマンションのクレーンや、大雨で崩れた川縁の護岸工事や、その狭間に並ぶ小さな家々をのみこむような橙《だいだい》の玉が見えた。空の半分ほどもある巨大な玉の縁は奇妙に踊るように揺れていて、中の方は熱いものが掻きまわされ続けているようで、勢い余って橙が縁から零れそうになる。

橙の玉が沈んでゆく辺りが、異空間へつながるような広がりを見せている。夜が来る前の、あやふやな時の中を、わたしたちは進んでいた。どこへ向かっているのかわからなくなる。どこかでなにかを間違ってしまったのか、気付かないまま誰かにひどいことをしてしまったのか、なにが正しいことなのか、どうして沈んでゆく太陽がこんなに大きく見えるのか、どこからどこまでが今ここに生きているものなのか、そしてどこからどこまでが生を失ったものなのか、なにもかも、線引きがあやふやになっていった。この指も、髪も、衣服に包まれたからだも輪郭を失っていき、記憶をも溶かし出していくようだった。車体が路肩寄りを走っていることに気が付きハンドルを握る手に力を入れ直す。

「ちょっと、外へ出たいな」

助手席の父が言った。ほつれた切れかけの糸みたいな声だった。「わかった」と答えて、すぐさまウィンカーを出し右手の住宅街へ入り近くのコインパーキングに駐車した。父はドアを開け、左足を自分で持ち上げて外に出した。慌ててわたしたちも外へ出る。父は、跛行しながら川辺を目指し、土手に上がる階段下へ行った。

「上がるの?」と父に聞くと、短く頷く。澄香を見ると、彼女も頷いた。一足ごと三人で上る。父は左足を一段毎両手で持ち上げて、段を上った。左足だけの力では、父は足を上げることができない。澄香が手伝おうとすると、父は首を振った。時間をかけて父は自分で自分の足を持ち上げながら階段を一段ずつ上がって行く。

土手へ上がると、地面と空の中間に自分が立っているような気がした。向こうに見える鉄橋を車両が過ぎてゆく。

三人で、この土手を散歩するようになったのは澄香が二十歳になってからだった。川の見える店でビールだったり、ワインを飲み、食事をして、その後に川原までやって来て、風に吹かれて歩いて酔いを楽しんでから家へと帰る。寒すぎてもいけないし、夜がきれいでないといけないので、この時期に歩くのがちょうどよい。周辺は、高い建物が増えたけれど、川は変わらない。ずっとここに流れている。時折、向こう岸を繋ぐ鉄橋を、白く灯った電車が走ってゆく。車両が鉄橋を渡る音が空へ抜けてゆくように響く。その音の解放と共に、わたしたちもなにかから解かれてゆくような気持ちになる。

姉妹で父の後ろを歩き、さっきまでいた店の店員の誰と誰が深い仲なのかだとか、あの味はどうやったら再現できるのかとか、青山さんと月居さんの話だとか、新しい職場のことだとか、明日の天気だとか、昨日薔薇が咲いたね、とかとりとめのないようなことをふわふわと話すのだった。意味のないような、あるような、別にどちらでも構わないのだけど、そんなことを三人で話しながら、歩く。あそこに星がひとつ見えるね、だなんて言いたくなる宵を感じながら歩く。意味があってもなくてもいいようなことを言える相手は、私には父と澄香しかいない。

「あなたたちの母親を壊したのは、私かも知れない、とあのときから長いこと考えているんだ」隣で父が言った。

しろい手のひと。微かに甘いような、いい匂いのする冷たい手のひと。触れられると、からだじゅうに明るいものが漲《みなぎ》るような気持ちにさせる、そんな手を持つひとが誰かに壊されることがあるのだろうか。そして、父はそんな想いを底の方に抱きながら過ごしてきたのだろうか。

「すべてのことに理由があるわけじゃない。そうでしょう？」と私は言った。父が教えてくれたことだ。

「そうだね。まあ、時にこんな風に考えてしまいながら、あなたたちと一緒に暮らしてきたわけです。そして、自分は、自分を全うしようってその度思いながらね」

中洲の藪から、白い鳥が飛び立った。父は、治療はもうない、と言われた。つまり、父はこれから純粋な変容を遂げてゆくのだ。そして、澄香と私はそれを見届ける。夕陽が川に反射して無数の光がきらめいているように見える。

「あの雪の降った日から、ずっと私、震えてる」

私は川の光に導かれるように言葉にしていた。

「私の奥の方が、苦しいくらい震えるの。今まで、こんなことなかったのに。お母さんがいなくなっても、誰かと別れても、こんなことなかったのに」

なかったのに、のところは声が割れるように崩れた。隣に立つ澄香が、私の手を握った。

「私だって、ずっと震えているよ」父が言った。その横顔に川の光が重なって眩しいくらいに見える。

「たぶん、たましいみたいなのが震えているのかもなあ」父が続けた。そうか、からだの奥で震えていたのは私のたましいなのか。でも、たましいってなんだろう。

「たましいって、なんだろう」澄香が聞く。

たましい、と誰にも聞こえないくらいの声に出して口にしてみると、胸の辺りの塊が、いい位置へ降りてきて、そこからゆっくり温まるような気持ちになり、塊はもっともっと深い場所へ降りてゆき、それと共に震えた。

たましいは何色で、どんな形をしているのだろう。どんな匂いがして、どのくらいの温度なのだろう。

私のたましいは、父のたましいと似ているものであってほしい、と強く思う。

「地平線って、本当にあるのかな。あの辺だろうって向かっても、いつまで経っても辿り着けないじゃない」澄香が言った。

辿り着けない地平線、たましい、しろい手、触れられないものばかりだな、と思う。

「辿り着く場所じゃなくて、見続ける場所なんじゃないかな。ひとは昔から、こうして、みんなで地平線のある場所を見ていたんだ。ひとも、獣も、みんな。それで、みんなで震わせていたんじゃないかな。地平線は、そういう場所なんだろうな」

父が答えた。

わたしたちは、こうして震える気持ちを永いこと継いで来たのかも知れない。血を残すことはできないかも知れないけれど、たましいは残すことができるかもしれない、そう思った。

わたしたちは横に並んで、太陽が消えてゆくまで、そこに地平線があると信じながら、その場所を見続けた。

雪の音

「十年前のあ、と今のあ、は同じあ、でもまるで違うみたいだね」

ベッド上で、あ、と何度か繰り返す父がゆっくりと言った。その声は、耳をそばだてないと聞こえないほど小さな振動だ。音というのは、そもそも振動だということがわかるのが今の父の声だった。言葉にして伝えることが、父にとってはエネルギーと集中力を要する動作であった。だから、聞き逃すまいとこちらも集中する。

「あ、…あ、」

真似して、あ、と何度か声にしてみるけれど、十年前の、あ、の感じをそもそも私は覚えていないのでわからない。

「あ、」父が小さな音を発する。「ほら、私の、あ、は泡のようだ」

「泡みたいに聞こえるんだ」と言うと、父が目を閉じて頷いた。

泡のような、あ、でも私には届いている。

私は、父の言葉にむるむるするとやはり発作的に逃げようとする。けれど、五回に一回くらいはむるむるの流れごと自分のからだに取り込むという術を覚えた。簗の仕組みである。あえて流れを堰き止め、うねうねしているむるむるを半ば仕方なしに捕まえる。生温かくて、心地悪くて、それでもしばらく経つと、むるむるの勢いは静かになってゆく。そうして捕り込んだ父の言葉は、滋味深い、ということがわかった。私の中に捕り込んだ父の言葉は、私に浸透してゆく。その言葉は私をあらゆる場所に連れて行く。誰もいない夜の海、微生物の溢れる庭に揺れる炎、蟬の声が幾重にも重なりながら広がってゆく森林、沈んでゆく太陽とその光線の射す川面。すべて美しかった。あまさず暮らそうと一年前に澄香と交わした約束が、守れているのかいないのか、私には相変わらずわからない。ここのところ、おやすみを言うだけで泣きそうになるし、おはようと言うだけで、父の言うところのたましいが震える。けれど、今、父の一音、一音を沁《し》むように感じている。

父の部屋からは、庭の南天の赤い実がよく見える。色味を失った庭の中で赤い実は気高いもののように映る。一枚の絵画のように静かな庭は、やがて訪れるはずの陽光をただ待っているようだった。

ベッドに臥床する父は薄くなり、時に透けて向こう側が見えるようだった。気を付けていないと、薄いからだが天井の方へ浮かび上がり、窓が開いていたらそのまま空まで行ってしまうのではないかと思ってしまう。父が飛んで行ってしまわぬよう、手首とベッド柵を紐でくくりつけようかとさえ考えた。ここ数日はそれが気がかりで、澄香も私も仕事に行くのが躊躇《ためら》われていた。けれど、父が行きなさいと言うので、仕事へ行く。帰ってくると玄関で靴を脱ぎ捨て、廊下を走り、父が浮遊してしまっていないかと真っ先に父の部屋へ行く。たいてい、彼はベッドの背もたれを上げ、目を瞑《つむ》っていた。

ごめんね、は稀に言うけれど、ありがとうの方が多くなった。体内へは何も注入しないので、髪がまた生えてきている。湯へ入ることはなく、からだは清拭する。今日は、とても体調がよい、というときだけシャワーを浴びた。着ているものを脱ぐときは、少し手伝う。肌着や靴下を脱がすと、白い乾いた粉が落ちてくる。父の皮膚の残骸だ。食べものはほとんど食べない。嚙むことができないので、粥ややわらかいものを少しずつ飲むように摂っている。食事や排泄のため移動するが、均衡は保てず手ぬぐいが風に揺れるような感じで伝い歩きをしており、寝ていても、歩いていても、宙に浮かび上がりそうであった。

澄香と私には見えないものも父には時折見えているようで、そのなにかと話していることがあった。くぐもった声でなにを話しているのかはよく聞こえない。そんな時はその者との会話が終わるまで、澄香も私も父の部屋へは入らない。

父は今、性別を超越し、時空さえも移動できるのではないかと思わせる、特別な父へと変貌を遂げていた。

控えめにドアを叩く音がして、レモン色の手袋と桃色の毛糸の手編みのマフラ

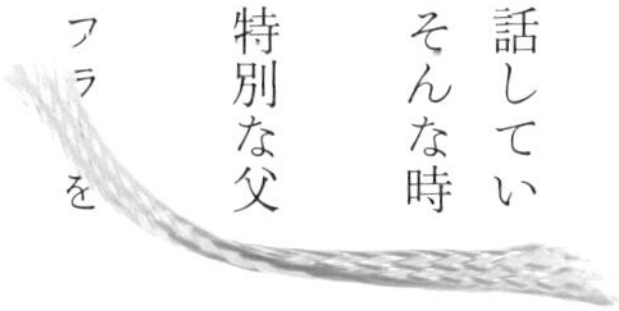

を身に着け、青いコートを羽織った澄香が入って来た。

「いろいろな、あ、が聞こえてきた」

「十年前のあ、と今のあ、の音の違いについて話してたの。ね、」と父を見ると、もう目を瞑っている。

「十年前の、あ、ね。どんな感じだったろう」

澄香も、あ、と何度か繰り返す。父が起きていても、寝ていても、最近こうして父の周りで澄香と私は過ごすことが増えている。音は、最期まで聴こえるのだという。

「そろそろ買い出しへ行こうか」「うん」「おとうさん、行ってきます」「行ってきます」

返事はない。

昨日から澄香も私も短い休暇が始まった。澄香と年末の住宅街を歩く。新しい年に向かって少しずつ高揚してゆく気持ちがひとつひとつの家の玄関先や窓辺に漂っている。羨ましいような気もするが、わたしたちはわたしたちなりの新年を迎えればよい、と考えてはいるものの、それでも拭えないからだの底の方に積もる寂寥感を感じながら思う。

頂点までもう少しというような場所にいて、それを待っている時が最も気持ちがはやる。何かがうわっと飛び散る前の、その感じが充満して、早くその時を迎えたいのに、この充ちてゆく気持ちをずっと維持していたいような、歳末セールをしている商店街はそんなひとびとが忙しなく蠢いていた。はち切れそうで、はち切れない微妙なバランスを保ちながら、街はさんざめいている。通行止めにした通りには安売りの文句が並び青や赤の幟《のぼり》が立っている。雑貨屋は商品とは関係なく店先で芋を焼き、輸入品の商店の入り口で無料配布するコーヒーの入った紙コップにはさまざまな手が伸び、離れたインド料理屋からはカレーの匂いが流れてくる。角の魚屋にはひとだかりができていて、これから鮪《まぐろ》の解体をするとタオルを頭に巻いた長靴の店員が太い声で宣伝している。ますますひとが増え、並んでいる魚はなにも見えない。街全体がどこかに向かって動いているような錯覚がして、思わず一番隅の豆腐屋を振り返る。水色のタイルの豆腐屋はいつもと同じようにひえびえとした佇まいをしていて、その豆腐屋を見たらなんとなく気持ちが落ち着いた。

「来年から、懸垂幕をナバタメさんと一緒に担当することになったの」澄香の声は雑踏の中で凜としていた。

「嬉しい気持ち？」

「わからない」

「そう」

澄香が最初に掲げるのは、どんな標語なのだろう、と思ったけれど、それは言わない。澄香はマフラーを鼻先まで引っ張り上げてから「春野の仕事は、順調？」と聞いた。

「今月から、消毒関連とか商品の一部の出方が増えて忙しいけど、でも視力一・二くらいにはまだ見えてる」

「視力一・二？」

「ぼんやりしないで、適格に見えてる気がするってこと。すなわち順調です」

「そう、それは、上出来だね」

わたしたちは和菓子屋へ行き、餡こを買って帰った。父がベッドから浮いていないことを確認してから、わたしたちは羊羹を作り始めた。今年はおせち料理はやめて、羊羹だけを出来合《できあい》の餡こで作りあとは鍋でもしようと決めていた。

朝から水で戻していた寒天を鍋に入れ、弱火にかける。今日は、私が羊羹を作るのを澄香が隣で見ている。だんだんと、寒天が溶けてゆく。泡粒が立ち始めると、木べらで混ぜる感触が心地よい重みになってくる。寒天がよく溶けたら、餡こを入れて混ぜる。ほのかに餡の匂いが立つ。

「いい匂い」澄香が言う。

餡がねっとりとしてきたら、鍋底に焦げ付かないよう気を付けて混ぜる。木べらで掬っても、さらさらと流れてゆかず、へらに餡が残るような塩梅になったところで火を止める。さらし木綿を広げて被せたボールに餡を流し込み、余分なものを漉《こ》す。このときのさらし木綿を通して伝わる餡の温もりが、澄香も私も好きだった。安心するような、懐かしいものに再会できたような、そんな気持ちになる。漉したものを、型へ流し入れ、あとはそのまま固まるのを一時間ほど待つ。

「足浴、しようか」

先ほどのさらし木綿から伝わってきた温もりを思い出して澄香に言った。

「そうだね」と澄香は答えるとすぐさま準備を始めた。何度もしているので手際がよい。二つのバケツに熱い湯を張り、足し湯とタオル類を持って父の部屋へ行くと、父は目を開けて部屋の隅の方を見ていた。

「足浴しませんか」澄香が声をかけると「ああ」とわたしたちに気が付き、ベッド柵につかまりながら上半身を起こして端坐位になった。バスタオルの上にバケツを置き、父の足から靴下を脱がす。父の残骸が落ちてゆく。寝ている時間が長いためか関節が固くなり、足首は脛《すね》の方から真っすぐに伸びてしまって、にんげんのからだというよりも植物のようである。その足を大事に抱えて湯に浸してゆく。強張った足が、徐々に弛緩してゆく。湯に慣らしてから足の指の間や、足裏を洗う。洗い終えると、用意していたもう一つの新しい湯を張ったバケツに父の足を入れた。湯に入る前より、皮膚がふっくらとしてきている。手に掬った湯を脛に流す。窓からは薄日が射しこんでいて、半身に浴びるそれはほの温かい。今、こうしてわたしたちがこの場所にいるということ、それは手に掬った美しい水を零さないように、零さないようにそっと運んでいる時間のようだな、と思う。

「ありがとう」父の音が振動する。父を見て、私は頷く。澄香が足し湯を流し入れながら「羊羹を作ったの。この後、少し味見してみる？」と父に聞くと、音の幅が広がったような声で「羊羹か、羊羹はいいな。まずあの色がいい」と言った。父は甘いものが好きだ。辛いものも、苦いものも好きだ。苦手なたべものはない。

湯から父の足を上げ、タオルで拭き新しい靴下を着けた。そうして足浴の道具を片付け、固めていた羊羹の具合を見に行く。固まりきってはいないが、口にするにはこのくらいの方が飲み込みやすいだろうと茶を淹れて父の部屋へ行くと、中からくぐもった音が聴こえてくる。澄香と父の部屋の前で足を止めて、それを聴く。

「……あなた、隅ではなくてもっとこっちへおいで」

羊羹と茶を載せた丸盆を持つ手に力が入る。父はなにかと話をしている。その声は一音一音が玉のような強みを帯び、しっかりとしている。

「あなたのことはよく知っているような気がするけれど、名前が思い出せない。確か、私と一緒に暮らしたことがありましたね。その手を見せてください。そう、手を」

私のからだの奥が震え始める。

「ああ、この手はよく知っている。このしろい手は私の大切な手だ」

私は何故か目を強くきつく瞑った。

澄香と私は一度キッチンへ戻り、しばらくして茶を淹れなおしてから父の部屋へ行った。もう、会話は終わったようだ。部屋へ入ると、父は足浴後の表情と変わらず半身に薄日を受けながらベッドに座っている。「どうぞ」と、羊羹と茶をサイドテーブルに載せる。父は、スプーンでわずかばかり羊羹を掬い口へ入れた。

「上出来じゃない」

「今年最後の上出来、だね」澄香も羊羹を掬う。

「年明けに月居さんと青山さんが来たら、分けてあげて。彼らも甘いものが好きだから喜ぶでしょう」

庭で棕櫚が揺れている。

「ちょっと疲れたから横になるね」

父は二口目は食べずに、薄いからだを横たえた。

父の手をかるく握った。父もかるく握り返す。その今感じている体温に私はひびのような消えない悲しみを覚える。そして思う。悲しみは、あまさず全部、父だけの、澄香だけの、私だけのものだ、と。他の誰かにわかってもらいたい、とか共有したいなどとは思わない。からだも、気持ちも、私の、わたしたちだけの、大事なものだ。疎ましさや煩わしさや、そういう気持ちもまるごと全部で、本当だとか真実だとかそんなものはない。ないけど、ある。なにかが、ある。なにかは、わからなくていい。震えたり、むるむるしていれば、それでいい。

「あ、」父が窓の方を見遣る。

「どうした？」

「ほら、雪が降って来た」

「ああ、そうだね」

「雪の音がする。春野、澄香、聴こえるでしょう」

「うん、聴こえる」

外は薄曇りのままで、雪は降っていない。けれど、雪の音は聴こえる気がする。降る雪の音が、からだに沁みてゆく。

「そろそろ、私は眠くなってきたな」

「そう」

「うん、おやすみ」

「おやすみ」

薄茶の湖が、閉じられる。

棕櫚が揺れている。

再び春が来たら、あの日みたいにまた棕櫚を燃やそう。永く、永く燃やそう。

いつかまたわたしたちは巡り巡って、あの春の晩に逢うことができるような気がする。何百年、何千年の後に、きっと逢う。雪の音を聴きながら、そう願う。

これが、二〇一九年の大晦日に願ったことだった。

らくだの掌

此の頃、向かいの柏さんだったり、係長だったりが、なんとなくよそよそしい。以前は職務上の話のほかはさして会話も交わすことがなかったのに、最近は、へんに張りのある声で呼びかけられさりげなく接近してきたかと思いきや、頓狂な短い声をあげておろおろと後ずさりしていっては、きちんと眠ることができているかと密使のごとく尋ねてくる。そんな時に限って、たまさか奇妙な夢を見た翌朝であったりして、だから、地面に麒麟《きりん》がさかさまに埋まっている夢を見ました、と偽りなく返答すると、憐憫のまなざしをしたたかに受ける。

私は、べつだん変わったことはない。へまをしているわけでもない。変わったことといえば、並木さんが放浪に出たことである。私の隣の席にいた、並木さんがいないことである。変わったことは、それくらい。

と、考えながら、私は手のひらにちょうど収まるくらいのはるまきを給湯室の端で立ちながら食べている。スウ、となにかが自分に入り込んでくるような、手持無沙汰のような、すきま、みたいな時に、私はこうして結局のところ、並木さんのことを考えている。そして、都度、並木さんは、放浪に出ているのです、だから、かんたんに会うことはできません、と呪文のように唱える。

すきまを覆うことができますようにと、この後モニタリングしに行く栗原さんのことを私は思い出す。

草を毟《むし》ってその場で茹でて食べている、という栗原さんの相談が舎に入ったのは、春の野蛮な風がぼうぼう吹いた頃であった。そして、それは並木さんが底の見えないような池に、とぷん、と小石を放るような話し方をしはじめた頃だった。

＊

栗原さんが川原の草を毟ってその場で茹でて食べている、という。

「あのひとは私と同じ未《ひつじ》年生まれの八十近くで、ええ、未年だから羊ハイムなんです」

舎に電話をかけてきた羊ハイムの大家さんである彼女は長閑《のどか》な口調で話しはじめた。

三か月前に雇用契約の更新がされず、契約社員を辞めて住んでいた寮を出ることになった栗原さんは身よりがないという理由で住む場所を方々に断られた後に、羊氏（便宜上の通称名）が彼に部屋を貸した。過日カートを押しながら羊氏が朝の散歩をしていたところ、川原で彼が草を茹でているのを見かけた。その後も、幾度も見たという。

「あなたは、何年生まれ？」急に話の矛先が変わり、うさぎです、といつもは街のひとに言わない自分の情報のひとつを不覚にも返答してしまう。

「そう、私の孫よりは年上ね。あの、それで、栗原さんにね、草はいいけれど、火を川原で使うのは危ないからおやめなさい、と言ったの。でも、続けているんです。だいたい九時半頃にいるようなので、ちょっと様子見てきてくださいませんか。あのひとのことを知っているひとが増えると、安心ですから。どうぞよろしくお願いします」羊氏は電話を切った。

　どれくらいのことを知っていたら、そのひとのことを知っていると言えるのだろう、どのくらいまで知ることができたら、私はそのひとを知っていますと言うことを許されるのだろう、などと少し考えながらも、すぐに隣の席の先輩の並木さんに栗原さんの件を相談する。

「草、毟って食べてるひとか。そういうひとは、俺も初めてだな。庭に落ちてる枯草拾ってきて、その葉っぱでお茶を淹れてもらったことはあるけど。蚊がいっぱいいてさ、煙もうもうの蚊取り線香素手で持って、もう片方で男物の傘を杖代わりにして庭を歩いてて、あのひと、小鬼みたいでかわいいひとだったな」並木さんがのんきに過去を懐かしむ。

「その枯草のお茶、飲んだんですか？」

「飲んだよ」軽く言う。

「まずかったですか？」

「覚えてないよ、そんなこと」

返事を受け、野暮なことを聞いてしまった、と思っていたら、栗原さんに会いに行ってみようか、と並木さんが言った。

翌日、栗原さんが出没するという頃合いに合わせて、わたしたちはリュックを背負ってペダルの辺りが少し錆び付いた自転車で舎を出発した。この部署では、皆、外出する時の鞄はリュックで、それはなにかあった時に両手が使えるから、そして、いつでも走ることができるからだった。リュックには、対象者に持参する書類等以外に、グローブ、マスク、体温計、組み立て式フェイスシールド、シューズカバー、消毒用エタノール含浸綿、メジャー、ハサミ、ガムテープ、懐中電灯、虫除けスプレー、なんかが入っていて、だから、わりと肩が重い。

今日も重いな、と肩紐の位置をずらしながら、二両電車が通る踏切を越えて、川原に着くと、見ればわかります、と羊氏が言った彼は橋の下辺りにいた。褪《あ》せたキャップを被って、マスクをして、紺色の缶コーヒーの銘柄のイラストがプリントされたウィンドブレーカーを着て、野の中に座っている。足の先には、鍋の載った携帯用のカセットコンロ。火は点いていない。鍋を前にした彼の背中の上辺が長い間使用したうすい布がまるまったようなこころ細い感じに見えて、なんとなくひもじいような気持ちになってきて、べつに草を茹でていてもいいんじゃないか、と頭をよぎったけれど、私、声かけてみます、と並木さんに伝え、彼の傍へそろそろと近寄って行った。

「おはようございます、栗原さんですか？　羊ハイムの大家さんからおひとり暮らしだと伺って、今後なにかあった時のためにご挨拶しようと、駅の傍の舎から来ました」

屈《かが》んで首から下げた名札を見せて挨拶をすると、彼はうすい墨色の縁をした日の焦点を合わせようとしているのかゆっくりと私の方を見あげる。視線が交わることを待つけれど、それは私の手前辺りでとぎれてしまったような、もしくは通り越した先の方を見ているような、どちらともいえない感じで、ひどくおぼつかない。座ったまま彼は顎をこころもち前にずらす。その後はなにも言わないので、この顎をずらしたのが、おはよう、の符牒《ふちよう》だったのだと思い私は続ける。

「すみません、栗原さん、ここで、火を使っていますか？　もしかして、お店まで食べものを買いに行くのが大変になって、ここで、あの、その、草を茹でているんですか？」途中で、自分の問いかけ方がいったい正しいのだろうかとわからなくなって、へどもどしてしまう。

「いや、それは、」

栗原さんは空気がうすく漏れるように返事をして、そのままあとは継がない。喋《しやべ》らないけれど、なにかが彼からうすく漏れていっているようで、何処か破れ目でもあるのだろうか、などと思ってしまう。反応がうすくて、このまま彼がゆるやかにしぼんでいってしまいそうに感じて、羊氏経由で栗原さんと改めて会って話をした方がいいと思います、と振り返って小声で言おうとしたら、くしゅ、と並木さんがくしゃみをひとつした。

「すみません、花粉で」

栗原さんは、はあ、と言って、そのおぼつかない瞳を並木さんに向けた。並木さんは私の横へ来ると、よいしょ、と土の上に座って両手で膝を抱えた。まりもみたいな頭髪の真ん中よりわずか左側にある並木さんのつむじを見ながら、裏紙をそっと取り出して、臀部《でんぶ》の下へ敷き私も座る。

ひとのつむじというものは、それだけ見ていると、とてもいじらしいものに見えてくる。つむじがいじらしく見えると、その主にも親しみを覚える。だから、おおいかぶさって、ゆさぶって、ぎゅうぎゅう迫ってくるようなひとや、えんえんと漂泊しているようなひとらと相対して、気持ちが少しわだかまってきたりすると、隙をねらってかのひとのつむじを私は盗み見する。つむじがいじらしいことを確認して、もういちど相対すると、さっきよりも懇《ねんご》ろな面談ができる。このことは、並木さんに明かしたことがある。目の前の手ごたえのないような栗原さんは帽子を被っているのでつむじが見えない。こういう時は、並木さんに以前教わったおまじないのような言葉を唱えると、わだかまりがゆるゆる溶けてゆくので、こころの内で、私は、お茶漬け、さらさら、と唱えた。

「はじめまして、並木と申します、今日暖かいですね」並木さんが見知ったひとに軽やかに声をかけるように栗原さんに話しかける。その分厚いレンズを入れた黒いフレームの眼鏡の中の目尻には皺が数本やすやすとあらわれていて、並木さんは笑っている。

「僕たち、この辺りに住むひとたちの困りごとみたいのを聞く係なんですけど、栗原さん今、なにか困っていることありますか？」神妙過ぎず、けれどやや深みのある声で並木さんが尋ねる。私も臀部に少し力を入れ直す。

「ないです」栗原さんが初めて、意思表示をしてくれる。

「そうですか、わかりました。あの、栗原さんは、お生まれはどちらですか？」のどやかに並木さんが聞く。

「すぐそこ」第一関節が少し変形した指先で彼は下流を指さした。

「父親が、肉屋をやっていたんです。もうないけど」

「この辺りもマンションが建ったり、お店や小さな工場が減ったりして、昔とずいぶん変わったって聞いてます」

「はあ」

「少し上流の方に行くと、古墳は遺《のこ》ってますよ。前方か、後方かが欠けちゃっているんですけど。古墳があること、あまりみんな知らないんですよね」

「へえ」

並木さんと栗原さんとで少しずつ紡がれはじめた会話を聴いていたら、風がさらさらと過ぎてゆくのを首すじに感じた。並木さんは、引き締まってゆるみのない雰囲気をあからさまではなく、じょじょに溶解してゆくのが上手なのだ。そうして、そのうちに並木さんのいる場所はどこか間の抜けたような、いささか冗長ぎみの、とりとめのないようなものになってゆく。

周りでは草木が揺れ、羽虫はだ円状に群がり、空には、うすい浮き雲。すべての調和が取れたようなこんな時分のいつかの日、きいろの菜の花や、しろいはこべや、むらさきのれんげそうを手折ったことがあったような気がして、その細い茎をいっぽんずつ編んで結んでいったようなことがあった気がして、だけどそんなことほんとうにあっただろうか、あってほしかったな、と思う。

「栗原さん、またお話を聴かせてほしいので、お電話番号を教えてもらえますか」

初回の面談はここで終わり、と判断した並木さんの言葉で、まどろみはじめていた私は背筋を少し伸ばす。栗原さんが、携帯電話の番号をゆっくりと言う。間違いがあってはいけないので、並木さんと同時に私も番号をノートに記す。

「これ、僕の名刺です。なにかあったら、ここに電話してください」

並木さんが名刺を差し出すと、栗原さんは上着のポケットから縁の黒い虫眼鏡を取り出して右目にあてて名刺を見た。

「文字が小さくて見えづらいですか」並木さんが聞く。

「目がやられてて、うまく見えないんです」

「ちょっと待ってください」

並木さんは、リュックのファスナーをおおっぴらに開けると肘くらいまでその中に入れて、無造作にかき回し、あった、とマジックを取り出した。そして、名刺の裏に大きく舎の電話番号を記入して栗原さんに渡した。

「この大きさで、見えますか?」

栗原さんが、小さく頷く。

「僕も目が悪いんです。今度、眼鏡いっしょに作りに行きましょうか」並木さんの右目は栗原さんを見ていて、左目はべつの方を見ている。

「眼鏡かけても、だめなんです」

「どんなふうに見えづらいんですか」

「点みたいな影が隅の方でずっと動いていて、それがたまに痛いくらい光って、」

「それ、からだのなかからきてるやつですかね」

からだのなかから、という言葉に、突如蝶のさなぎを思い出してしまう。こどもの頃、飼育した幼虫が蟲籠の天井であとは脱皮するだけのさなぎとなり、けれどただ真黒になった。わるいものに寄生されたのだろう。とうとう、その黒く変態したものに私は触れなかった。いけないようなことを思い出している隣で、どこかでみてもらってますか、と並木さんが確認する。ええ、と栗原さんはあいまいな返事をする。

「目のことは専門でこれからもみてもらうとして、難しい書類とかあったら僕らに教えてください。僕たち、代わりに読んだりしますから」

「そんなの、頼んでいいんですか」

「大丈夫です。僕たち今日は、これで帰りますけど、また寄らせてください。なにかあったらいつでも電話ください。今日はお話しさせてもらってありがとうございました」並木さんが頭を下げる。私もつづいて下げる。わたしたちが立ち上がると、栗原さんは、まるめていたナイロン製の鞄をひろげて、鍋とカセットコンロをおもむろにしまった。失礼しますと栗原さんに言い、わたしたちはまた自転車に乗る。前を行く並木さんが、横顔で振り返る。

「なかちゃん、栗原さんのつむじ探そうとしてたでしょ」

ふふふ、と私は後を追う。

「栗原さんて、なにかがうすく漏れてる感じしませんか？」

「そう？」ぼかした返事をされる。

並木さんには、整えたり、行き先を想定したり、その放物線の描く様子を思案したり、機会を計ったりせずに私は言葉を投げることができる。そうして、私が投げた言葉を並木さんは真っ向から受け取って大仰に反応して増幅させたり、わりとすげなく流したり、あるいは時間を経てから拾ったりする。

　そのあとは会話もせずに、両の太ももをただ上げ下げしながら進んだ。前をゆく並木さんの腰の辺りからは、白いシャツの裾がはみ出ている。そのごわごわしているのを見て、私は、そんなものだ、と思った。栗原さんは、微笑のしるしも見せなかったけれど、いちど会ったきりのひとに、某《なにがし》かの理由があって、またはその某かの理由がわからなかったりもする、自分のどこかにある果実の固い種みたいになってしまったことを語るわけがない、そんなものだ。

　舎の自転車置き場に着いて、スタンドを、ぎゃん、としてから並木さんに言った。

「栗原さんに、川原で火を使わないでくださいって伝えられなかったですね」

「うーん、言えなかったけど、俺は、栗原さんわかってくれたような気がするし、また行けばいいよ」

　そうか、と私は納得する。並木さんは、街で心配されているひとたちとどこか通じ合っているようでもあったから、わかってくれた、と並木さんが感じたのなら、そうなのだろう。それに、並木さんは、勘も利く。担当しているひとに電話をかけて通じないことがあると、そのひとが外出して電話に出ないのか、何らかの問題が生じて電話に出ることができないのか、それが並木さんにはなぜか判る。そうして、倒れたまま動けないひと、あるいは冷たくなったひとを、幾人も見つけていた。

じゃあ、また栗原さんのところ行きましょう、と並木さんの背中に声をかけようとしたら、あのひと、漏れてるっていうより、怖いものばかり、見ちゃうんだろうな、と底の見えないような池にとぷん、と小石を放るように言って、お手洗いに入って行った。

緑が萌えだしてきてから、並木さんは、たまにこんなふうに言葉を池に放ってゆく。そして、私は、その濁った池をやおら覗いては、沈んでゆくであろう小石を拾い上げるでもなく、小石は沈んでゆく、とその言葉をただ聴いていた。

*

すれ違うと煙草の匂いがして、休み明けはたいていお酒の匂いもする背の高い並木さんは異動願いも出さずに長らくこの部署にいる先輩で、少し斜視だった。だからレンズの厚い眼鏡をかけている。ふたつの目でひとつを見ているのだけれど、そのべつべつの方を向く目を見ていると自分が見ていたはずの世界の均衡が、横すべりしながらずれてゆくような不思議さを感じた。その不思議さは、並木さんの核みたいなものにつながっている気がして、だから、それは唯一の大事な不思議さのようにも私は感じていた。その目は、酔うと充血する。酔った並木さんは、学生時代にアメリカを放浪して二年留年したことや、生まれ育った街の赤いユニフォームのサッカーチームを熱心に応援していることについて話す。過去に季節と共に催されていた部署の懇親会では、衣服を脱ごうとしたり、昔の恋人の話をして涙目になったり、ということもあったらしい。いちばん最後は、呂律《ろれつ》が回らず、からまって、ひどく軟体になったからだでなにかにぶつかったら、そのまま変形していきそうな態《てい》で、ひとり暮らしのアパートへと帰ってゆく。

本庁で滞納未納の保険料を追い駆けている部署から三年前に私が異動してきたこの部署には、街に暮らす年配のひとに関する諸般の相談がのべつ集まってくる。わたしたちは、それをどうしたらいいのかいっしょに考え、必要な手続きをしたり、いろいろの制度や資源に結び付けたりする。つまり、買い物を代行してもらう依頼をしたり、ベッドを置くために塞がっている床の片付けをしたり、家を出てべつの場所に行かなくてはならなくなったひとのこれまで共に暮らしてきた猫の新しい住処を探したり、ひとりだけれど最期を自宅で迎えたいというひとの、そのただひとつの希望を果たせるように、そのひとにとって着ごこちのよい寝間着を見つけたり、後《のち》に納められる時に身に着《つ》ける服を片隅に用意しておいたり、あらゆる準備を手伝う。そんなことをしながら、モニタリングを重ね、新たな困りごとを聴く、という繰り返しで、「つまり、わたしたちは彼らに伴走していくってことですね」と異動後少し経ってから並木さんに私は確認した。巧いことを言えた気がした。

「なかちゃん、ぜんぜん違うよ」並木さんは、へらへらしながら答えた。

「じゃあ、併走ですか？」少し意固地になって聞く。

「併走しててもいいけどさ、俺たちは、お茶漬けみたいなものなんだよ」

「お茶漬け？」

「そうだよ、お茶漬けってたまに食べたくなるでしょ」

どうだろうか、しばらく食べてない、と考えている間に並木さんは続ける。

「でも、お茶漬けって、ごはんがないと食べられないし、お茶も淹れないといけないし、素《もと》もあるけど、面倒でしょ。それで、用意して食べると食べやすくて、喉にもつかえないけど、味もうすいし、食べても、腹に溜まんないし、でも、食べた後、少しほくっとしたりして、一応、俺は食べたんだっていう事実も残る」

「はい」よくわからなかった。

「お茶漬け、さらさら。気負わず、でも冷めないで、そんなふうにこの仕事をやっていけばいいよ」

よくわからなかったけれど、それからは、つむじも盗み見することができなくて、親しみを少しも感じられないままに、なにかがこごってしまった時は、たまに、お茶漬け、さらさら、と唱える。そうすると、細流ができて、つむじがあろうとなかろうと、こごったものはおだやかに流され、身近の、手を少し伸ばした範囲くらいが平らかになるような気持ちになった。そして、私は並木さんといると、時折、蓋が開いた気がするのだった。なんのどこにある蓋かわからないけれど、からだのどこかにあるきっちりと閉めておいた蓋が少しだけ開いて、中身が空気に触れたような気持ちがする。

そんな並木さんの隣の席で、私は、さまざまなひとたちから、さまざまな話を聴く。連絡は本人から入ることもあれば、本人を心配しているひとたちからも入る。向かいに住むひと、同僚だというひと、食事を配達するひと、同じ時刻に喫煙所で煙をくゆらせているというひと、公園の自彊術《じきょうじゅつ》仲間というひと、数十年古庭にしゃがんでいる姿しか見たことがないという同敷地に住む血縁のひと、たまにすれ違うひと。彼らが、語る。右膝が痛くて浴槽をまたげなくなってしまったとか、ハクビシンが庭にいるようで困ったとか、真夜中になると毛の長い小さな犬を抱いて門扉の前に立っているひとがいるとか、隣近所の自転車カバーやバイクカバーを剝がしては持ち帰って丁寧に畳んで溜めているひとがいるとか、刺繡好きなひとがそこらにいるのだが、留守中にそのひとが入って来ては自分のブラウスに刺繡を施して去って行く、とか。

話を傾聴して電話で終わる場合もあれば、本人に会いに行くこともある。布団以外はおよそ共用で、ドアにそのひとの名前はなく、消えかけた数字だけが記されたアパート、或ることを信じて血の縁のないひとたちとしずかに共に暮らしているほかと変わりのないような戸建、ベッドで眠る時以外は外履きのままで過ごすことになっている家、少しでも触れたら崩れそうな極限で配置されたものがあふれている部屋、こういう部屋は多くて、積んである上から順に、ものの名称を、スノードーム、年賀状、ミルクピッチャー、素麵の入った箱、アルバム、辞書、また素麵の入った箱、とひとつずつ記録しようとしてみるけれど、七つ目くらいで気が遠くなり毎回停止してしまう。あたりまえだけれど、おなじようなひとも、おなじような家も、ない。

異動してきた三年前の四月は、新種の、他所《よそ》から来た侵略者のような疫病が蔓延《はびこ》りはじめた頃で、きわめて特殊な宣言が発令され、その亡骸《なきがら》は避けられ、街のひとびとは息をころして影すら残さず過ごし、門前や店先には人魚を模した護符を貼付し、ひどくひそやかに暮らし、限られた機関だけがなかば壊れたように突出して機能していた。並木さんと私は衣服の上から防護服を着て、初めて行くひとの初めて入る家の玄関でマスキングテープを貼り、ゾーニングをして、屋内で動くことのできないそのひとに一生懸命に声をかけることもあった。わたしたちだって、あんな恰好をすることはこれまでいちどもなかった。着方や脱ぎ方や捨て方にも順序があって、もしも少しでもなにかを間違えたなら、侵略者はすみやかに私に入ってきてそのまま侵食がはじまる、と思った。防護服を着ていても、知らないひとに触れるのは怖かった。それを着ると、世界と自分の間に膜ができて、それは安全な膜なのだろうけれど、すぐそこにいるひとを見ることも、声をかけることも、触れようとすることも、難儀する。そして、膜の中では、自分の声ばかりが聴こえる。それがへんに反響し続け、自分が自分の声に惑わされてゆくように感じた。試されているのかも知れない、と思った。なにを試されているかはわからないけれど。そうして、惑わされながらも、わたしたちは、触れようとし続けたのだった。

数か月経つと、いちどひそんだ困りごとの数は、また元に戻り、わたしたちもよほどの時以外は防護服を着なくていいことになった。

＊

たとえば、ちくわみたいになって、いっさいが自分になんの影響も及ぼさずに入り口から出口まで流れていったらな、と思いはじめてしまうのは、だいたい午後二時頃で、午前十時半頃にもわずかにそんな兆しを感じるけれど、午後の方がその希望は強い。並木さんもそうですよね、うーん、あのさ、ちくわってことは、筒ってことでしょ、だったら俺はずいどうがいいな、ずいどう？　なかちゃん、トンネルのことだよ、ああ、トンネルですか、俺のすきなずいどうは秩父にある……、と話をしている途中で電話が鳴り、私は反射的に受話器を取る。向こうのひとはなにも言わない。外にいる気配だけが伝わってくる。もういちど、舎の名称を伝える。

「並木さんのとこですか？」

空気のうすく漏れるような話し方で栗原さんだと判る。

「栗原さんですよね、こんにちは。先日並木といっしょに伺った者です」

無言である。

「栗原さん、このまま少しだけお待ちください」慎重に伝えて、隣の並木さんに栗原さんからです、と告げる。弛緩していた並木さんは、やや姿勢を直して電話を替わった。はい、ええ、などと相槌を打ちながら、並木さんは話を聴き、これから伺います、と言った。

「なかちゃん、これからまた栗原さんのところ行くんだけど、いっしょにいい？」

「はい」

「家にひとが来るのは厭《いや》だから、川原で待ってるって」

「なにかあったんですか？」

「電気が、止まったらしい。あと、ガスも」

「いつ止まったんですか？」

「電気は一昨日、ガスは一か月前だって」

私は、口をつぐむ。栗原さんが鍋の前にちんと座っている姿を思い出し、ゆらゆら落ちつかないような気持ちになって、やっぱり必要に迫られて草を茹でていたんでしょうか、と並木さんに聞いてみる。

「いや、それは関係ないみたい」

はあ、と言ったきり止まっていると、並木さんはもうリュックを背負っていて、だから私も急いで準備する。駐輪場へ向かいながら、サイン出してくれるひとでよかった、と並木さんが言った。はい、と私も頷く。

街のひとたちのなかには、サインを出せないひとも、いる。自分が困っていることや、なにか変だとか、このままだと飢え死にしそうだとか、もしかしたら目の周りのむらさきの痣《あざ》は虐げられている証だとか、誰かをどうしようもなく虐げてしまうとか、そういうことに気がつく力が弱まってしまっているひとたちが、いる。以前、私も、弱まっていたことがある。もしかしたら、また明日弱くなってしまうかも知れない。だから、今、わたしは困っている、わたしは、不安です、わたしは、痛いです、と誰かに発信できることは、それだけですごいことなのだ、と今は思う。

川原に着くと、栗原さんはこの間と同じ場所に座っていた。こんにちは、と挨拶すると、顎を遠慮がちに前に出す。わたしたちも傍に座る。電気とガスが止められてしまったので、幾ばくかしぼんでしまっているのではないかと心配したけれど、この間会った時と変わりはないようだ。身なりもおかしいところはなく、だからなんらかの方法で、きちんと清潔保持をしていたのだろう。

「これ」

まとめた紙片を栗原さんから渡される。並木さんと、一枚ずつ確認してゆく。それは、電気料金とガス料金と水道料金の支払い通知三か月分と延滞料金の支払い通知と支払いがないので電気とガスを止めるという通知だった。三か月前というのは、栗原さんが転居してきた頃で、ということは、引っ越して来てから栗原さんは一度も支払いをしていない、ということである。なんなんだろう、と少し不審に思ってしまう。

「じゃあ、僕両方とも電話してみますね」

並木さんは何故支払いしていないのかを栗原さんに問うことなく言うと、舎からあてがわれている携帯電話で、各所に手際よく連絡を入れはじめた。栗原さんは並木さんが各々へ連絡をしているのを聞いているのか、聞いていないのか、どんなことを思っているのか、模糊としたさまなのでわからない。微風が吹いたら、たやすく翻って、なにかを漏らしながらそのままたなびいてゆきそうで、たとえば、栗原さんは、すきな色とかあるのだろうか、と私は思った。

連絡やら交渉を終えると、すぐに支払いをすることを条件にまもなく電気ガスは開通されること、今後の支払いが滞ることのないように自動的に料金を振り込むための書類を栗原さんのもとに送付してもらうようにしたことを並木さんは告げた。栗原さんが頷く。

「その書類、届いたら教えてください。読みづらいと思うので、僕らここへ来ていっしょに記入します」

「寮にいたから、やりかた、わからなかったんだよ」栗原さんが言った。

私は多少訝《いぶか》しく感じるが、うん、そうですよね、と並木さんは大きく相槌を打つ。

「僕もね、一度電気止まっちゃったことあるんです」並木さんがぐふ、と笑う。なんで並木さんも止まったの、と呆れてしまって、つい、と顔を上げ川の斜め向こう岸を見遣った。対岸では、屈強そうなひとびとが、アーモンド型の球をすこぶる器用に扱いながら投げ合い、走って、競技の練習をしていた。彼らの周りにいるひとは、手をメガホンに見立てたようにしてなにか呼びかけている。光合成だな、と私は思う。

或る休日、並木さんにサッカーの試合の観戦に連れて行ってもらったことがあったことを思い出す。まわりのひとの熱が湧き騒ぎ高まっていることはわかったけれど、なぜそんな熱をもって、誰かを応援するのか私はわからなかった。運動部に入ったことがないし、競技することの意味みたいなものとか、それを応援することの意味みたいなものが私にはよくわかりません、と試合が終わった後に並木さんに言うと、なかちゃん、意味とかじゃないんだよ。そうだな、光合成みたいなものかな、とたとえてくれた。植物って、太陽の方向へ自然に向くでしょう。そういうことなんだよ、と並木さんは継いだ。

対岸は太陽と光合成、と、球を扱うひとと周りのひとを見ながら、電気の止まってしまったいつかの並木さんは、その時、なにかがきっと大変で、もしかしたら大変なことはぜんぜんなかったかも知れないけれど、いろいろなことにほだされて、少し怠けたかったのかも知れない、と思った。強くまぶしいものをちりばめたようなものから少し離れたところに、たまに私はいるような気がしていて、そしてたぶん、並木さんもたまにそこにいて、栗原さんもおそらくその周辺にいて、などとずうずうしく考えていたら、並木さんが、くしゅ、とくしゃみをした。すみません、花粉が、と並木さんが言う。並木さんの鼻腔は、ほぼ一年、なんらかの花粉に反応する。

「栗原さん、水はにんげんにとっていちばん大事だから、水道だけはけっこう止まらないんです。だから、大丈夫ですよ」

目尻に皺を浮かべながら並木さんが朗らかに言った。やや説得力がある、と思っていたら、栗原さんのマスク上辺から覗く頬に、細く赤い糸が集まったようになり、彼は初めて笑ってくれた。その細い赤い糸みたいなのを見て、つい、私も笑う。肋骨の内側辺りが少し軽くなるような、懐かしいようなかわいいものに出会えたような、そんな気持ちになる。

「栗原さん、銭湯とか行きます？」

「行かないです」さっき笑ったばかりなのに、そっけなく返す。

「線路沿いにある銭湯は、黒湯の温泉できもちいいですよ。僕もたまに仕事の後に入って帰るんです」並木さんのデスクのいちばん下の引き出しには、だからシャンプーとボディソープがあることを私は知っている。湯へ行った翌朝、またそこへしまうのだ。

並木さんはリュックのポケットから手のひらくらいの小冊子を取り出すと、これ、街のひとが申し込むともらえる銭湯の割引券なのでどうぞ、と栗原さんに渡した。彼はそれを受け取ると、ナイロンの鞄から黒い縁の虫眼鏡を出して右目にあてた。

「受付で一枚ずつ切って渡せば大丈夫です」並木さんが補足する。

「いつか、行ってみましょうか」栗原さんがふわっと言う。

それから栗原さんは、お礼のように、少しだけ話をしてくれた。兄や妹がいたこと、或る時期真夜中になるとそこの通りをできたばかりの戦車が月の光を反射させながら上流の方へ向かって進んで行ったこと、胸の辺りにずんずんと響いてくるようなキャタピラーの音、西日の射す中で、妹が動かなくなった水鳥を見つけ、それを埋めようと持ち上げたらへんなものがたっぷりと詰まっているかのように重かったこと、羽の色は忘れてしまったけれどその重みは覚えていること、あの水鳥にはなにが詰まっていたのだろう。とぎれとぎれに、彼は話した。話を聴きながら、サインを出してくれてよかった、と私は思い、そして隣の並木さんもきっと同じように感じてるだろう、とレンズの中の彼の目を見た。

舎に戻り、栗原さんのことを羊氏に報告すると、あのひとのことを知っているひとが増えてよかった、と彼女は結んだ。受話器を置くと、向かいの事務担当の柏さんに呼ばれる。

「なかちゃん、並木さんどこ行ったかな？　工務店さんから電話入っていて」

柏さんのふくよかな首や肩の辺りは、おおらかで、この首からひろがる裾野には、柏さんの情態が現れるため、だから今はあまり切羽詰まってないことが判る。

「すみません、わからないです」そう答えると、柏さんは、ああ、そう、なかちゃんいつも並木さんといっしょだから聞いちゃった、とにぎにぎしく言い、折り返しさせます、ときっぱりと先方に伝えて、電話を切った。並木さんといつもいっしょにいるわけでもないけどな、と私は思う。

「なかちゃん、これ、回覧資料」つづけて柏さんに前方から紙の束を渡される。ありがとうございます、と受け取る。

ここへ来てから、並木さんが、なかちゃん、と呼んだのをきっかけに、向かいのひとまわり年上の柏さんも私のことをなかちゃんと呼ぶようになっていた。これまで、中林さん、と苗字で呼ばれることが常だったので、最初は恥ずかしいような気持ちがして、それをまぶして、無理に眉をへんなふうに傾けたりしたけれど、私は、はずむようなういういしさを感じた。つまり、私は、嬉しかった。

「外出するんで、ちょっと並木さん探して声かけてきます」柏さんに言うと、並木さん、どこかでまた休憩しているんでしょう、と彼女は首を傾け裾野のストレッチをしながら、よろしく、と短く手を振った。

次の訪問約束のためリュックを背負って自転車置き場に向かう。肩紐を痛くない位置へ調整しながら外へ出ると、並木さんはくすんだクリーム色の壁に寄りかかって、マスクを顎にずらして、無糖の缶コーヒーを飲んでいた。外出予定以外で並木さんが席にいない時は、たいていここにいる。壁に寄りかかって、何処かを見ている。以前は、ここは喫煙所になっていて、並木さんは煙草休憩をしていたという。

「並木さんあてに電話入ってるみたいです」

「ごめん、ごめーん」

そう言うと、並木さんはひゃははと笑った。席へ戻る気色はない。

「なかちゃんもコーヒー飲む？」

私が返事をする前に並木さんは自動販売機まで小走りしていく。外履きは踵《かかと》を入れて履くけれど、中履きはいつも踵を踏んだままなので、並木さんの走り方はひとあしごとに力が分散してゆくような走り方だった。

「はい」

微糖の缶コーヒーを渡される。タブは一度目で指をかけてもたいがい開けられなくて、二度目で開けたその飲み口の縁は、触れたら皮膚がうすく裂かれそうで、若干凶器のように感じてしまう。

「開けたばかりの缶コーヒーの飲み口って、そこそこ凶器みたいに感じませんか？」

きょーき？　気の方じゃなくて器の方の、え、鈍器？　いや鈍器じゃなくて凶器です、俺は、鈍器の方がまだいいな、鈍器といえば、なかちゃん、新しい恋してるの？

鈍器のイメージが恋愛につながるのは、なんとなくわかる、と思いながら、ぜんぜん、してないです、と返答する。

「そうかあ。俺、応援してるよ」

「並木さんだって、三十六歳で、私は、三十五歳で、たぶん、ふたりとも、またなにかあります」

「え、うーん、そうだよね」

並木さんの黒縁眼鏡の分厚いレンズが汚れてくもっている。

「並木さん、ちょっと眼鏡貸してください」

素直に彼は眼鏡を差し出す。眼鏡を外した彼は、眼鏡をかけている時よりも、少しこころもとないように見えた。大きなからだも、ちょっと、しおれたように見える。私はリュックからティッシュを出して、レンズを拭いた。並木さんの片方の瞳は私の手元を見つめていて、もう片方の瞳は自転車の方を見ている。

「きれいにしました」

ありがとう、と言いながら並木さんは眼鏡をかけ直し、笑った。口腔内のそこにあると覚えている場所に、上下の奥歯の銀歯が見える。ほかのひとの銀歯の場所なんて覚えてないな、と思う。

「あのさ、俺が並木で、なかちゃんが中林さんで、同じ、な、が付くから、なんか、こう、俺たち、暖簾分けしたラーメン屋みたいだよね」

「どっちが本家ですか？」

「そりゃあ、なかちゃんの方だよ」

な、がいっしょなだけなのに、いつも通りすっきりとはしないたとえ方で、でもそれも、まあいいかも、と思って私は缶コーヒーを飲んだ。

恋人とは、異動前に終わった。私にとっては、これまでのひととは違って初めてのまともな恋人だと思っていた。そのひとも、私のことをずっと中林さんと呼んでいた。そのひとに呼ばれる中林さんのひびきが、とても、よかった。名前を呼ばれると、そのひとがただまっすぐに私に向かってきて、それを受けた私と彼のみの接点がそこに現れて、それを私は結び目のようなものだと信じ、甘いものを包むような気持ちになって、もっと中林さん、て呼んでほしい、と恍惚《こうこつ》としながら思っていた。中林さんの肩はうすくて毀《こわ》れてしまいそう、と彼はさいしょの頃、よく言った。では、凭《もた》れるようにお倒れこんでゆく、と私は彼との結び目に突き進んだ。夏の夜、すごいところまで飛ばされた後、ありがとうって言いたくなって、裸のまま泣きそうになって、これ以上のこうふくはありません、と心底思って、結び目を確かなものにしたくて、けっこんしたい、と言ったら、いいよ、と言われた。これで結び目はほどけないぎちぎちのものになる、と私は思った。こどももたくさん産もう、と思った。すると、彼は私にみだらににじり寄り、私の左側の髪を掬《すく》って、耳をあらわにした。あさましさをむきだしにされたようで、いや、と恍惚としていたら、彼はうすい唇をそこに重ね、あのね、お金貸して、と囁《ささや》いた。一万円渡した。返済されなかった。次は、三万円渡した。同様に返済されなかった。なにかおかしい、と思いながらも、私は紙幣を渡し続けた。

そのうちに貸す回数が、ひんぴんとなってきた。或る日の昼下がり、私は素肌にTシャツだけ被っておにぎりをにぎっていた。私の手首はさっきまでタオルで縛られていたのでスナップがうまく利かず鈍い動きだったけれど、ぜんぶ別々の具がいいと彼が所望する為、忙しくにぎっていた。太ももの裏から、汗みたいなものがたれていたけれど、拭うひまもない。うめぼし、いつもよりなんだか酸っぱい、と指に付いたそれを舐めていたら、布団に横になっている彼に、ねえ、二十三万円貸して、と言われた。その瞬間、私のからだのなかを小獣が猛スピードで駆け巡るような騒がしさを感じた。その獣をぶわっと放つように、みくびるな、と怒鳴り、私は手元にあった長細い四角形の食品用ラップフィルムの箱ごと、あったと信じたかったあの結び目めがけるように彼に投げつけた。首尾よく彼の額にその箱の角が当たり、彼は退室した。去り際、私は初めてそのひとのつむじを見た気がした。それから居ずまいを正して、私はさめざめと泣いた。

あの時、私は莫迦《ばか》だったのだろう。もう少し早く気がつけばよかった。もう少し早く、厭だ、と言うことができればよかった。でも、これからも莫迦なようにしかできない気もする、と思いながら、やや持て余したコーヒーの残りを飲んで、じゃあ、いってきます、と並木さんに言って、私は自転車のペダルを踏み踏み、また街へ出て行った。

＊

べちん。

給湯室の水道の蛇口から水滴が落ちて、それがステンレスの簡素なシンクを叩いた。その音は、なんだかひらべったい。餅みたいになった滴が、縦方向に流れる時間を無理矢理圧《あつ》して止めるような歪みを感じる。不安になって、手の中の食べかけのはるまきを確認すると、まだあと半分ほど残っている。

べちん。

私は、蛇口を、ぎゅっと閉めた。

＊

蕭々《しょうしょう》と雨の降る日は、いつもより言葉少なになるような気もする。周囲を見渡すと、降り続いた雨は池のようになっていて、それでは、いっそのこと、小舟を浮かべて遠くまで行ってしまいましょう、などとうつつから離れてゆくように感じていたら、柏さんに、なかちゃん、この資料綴じるの手伝って、と書類を前から渡された。彼女の裾野は、穏やかである。書類の角を合わせて、穴あけパンチで挟む。ぼやけたようなエメラルドグリーンのその穴あけパンチには、並木とマジックで書かれたよれた文字の隣に、以前私が付け足した並木さんの似顔絵がある。まりもみたいな髪の下に眼鏡をかけて、目はゆるいアーチ状の笑顔の並木さんが描いてある。その顔を見たら、蓋がまた開いたのか、私は少し愉快になったような気がして、戸惑いなく力を入れてパンチを押して穴を開けた。

「栗原さん、それじゃあ、また連絡します」隣の並木さんが電話を切る。眼鏡の中の目尻に皺が見える。栗原さんのライフラインのための書類を川原でいっしょに記入した時、火、危ないです、と並木さんがけじめのある感じで伝えると、火はここで使いません、と栗原さんは応えてくれた。

それから、並木さんは、時々栗原さんに電話している。特別な用事ではなく、お変わりないですかとか、暑くなったら川原へ行く時は気をつけてくださいとか、災害の時は避難場所は近くの小学校です、とか短い話。電話がつながらなかった後には、栗原さんは必ず並木さんに電話を返してくれた。

「栗原さんはどうして、あそこの草がいいんですかね」パンチを並木さんの机に戻し、穴を開けた書類を紐で綴じながら私は並木さんに聞いた。

「なんでだろうね」

「並木さんは、聞かないんですか」

「聞かないよ、そんなこと」

返事を受け、野暮なことをまた聞いてしまった、と思っていたら、次のひとに電話している並木さんが受話器を持ったまま、出ないな、と少し低い声で言った。しっかりと履いていない中履きが、足裏のくぼんだところから落ちてゆきそうになっている。

「誰ですか？」

「森さん、三丁目の」

昨日から森さんに、未受診の健康診断の連絡をするために時間をおいて、何度も電話を入れているが通じないという。

森さんは、三丁目の造園業を営む、ひこばえ商会の物置の二階に住んでいる。彼女は、からだがしんどくなるまでこども服の工場に勤めて、その後、工場の同僚のつてをたどって、この街にやって来た女のひとで、漢字を書くのが少し苦手で、最近は商店街を歩くのがせいいっぱいで、部屋に浴室が付いていないので線路沿いの銭湯まで行き、湯船に入ると縁につかまっていてもからだが浮いてしまうので、湯船に浸かっているほかのひとに腰椎《ようつい》辺りを押さえてもらいながら入っていて、後妻となった一年のちに夫をなくしていた。銭湯で腰椎を押さえてくれているひとから、浮いちゃうから心配、とさいしょに連絡が入り、彼女とわたしたちは関わりを持つことになった。私もいちど彼女に会ったことがある。並木さんの代わりに、私は街の宅配を担う各所の情報を彼女に届けに行った。ひとりで歩いている時でさえ遠慮しているようなひと、と並木さんから伝え聞いていた彼女は、仕事へ出たり入ったりする庭師のひとたちが階下の物置でいろいろの道具をいじったり片付けたりするのがなんだかここちよい音なの、とささやかな玄関で話してくれた。誰かの息遣いを感じられるから、そんなに淋しくはないのよ、と自身に言い聞かせるように話して、けれどやわらかな表情をしたのを覚えている。

ひこばえ商会に電話も入れたが、彼らも不在で彼女の様子はわからないままに、午後になると、ちょっと、なかちゃん付いて来て、と並木さんは言った。並木さんと同じ年齢で去年父親になった係長に森さんのことを伝えると、彼はすぐに管轄の署に連絡を入れた。不審死が予測される場合、職員は必ず二名で彼らと同行することになっている。鍵がない場合は鍵屋にも応援を頼む。ドアが閉まっている場合は、彼に開けてもらうのだ。もしも、わたしたちが、さいしょに発見をした場合、聴取、というものはとてつもなく長い時間を要した。こういったことは、たまに起こる。

にらみたいな色をした上下セパレートの雨合羽を着て、線路を越え、羊ハイムも越えた三丁目のひこばえ商会に並木さんと向かう。予感が充満している時は、話をしない。言葉にしてしまうと、詰まってはち切れそうな予感が、ほんとうになってしまうかも知れないから、そんなふうに私は考えていて、だから、並木さんとその場所へただ向かった。ひこばえ商会に着くと、係長と連絡を取り合ったという外出中の代表が帰ってきていた。わたしたちは、すいません、と言いながら滴《しずく》のしたたる雨合羽を脱ぎビニル袋へ入れる。雨とマスクのせいで並木さんの眼鏡はくもっていて、並木さんがひとさし指を縁から入れてレンズの内側を拭きながら挨拶をして、森さんには縁者がいるけれどもその連絡先は舎でもまだ追えていないことを伝えていたら、帽子を目深に被って警棒を下げたひとが到着した。わたしたちは、彼女の部屋の二階までひしめき合いながら駆けあがった。

「一昨日の朝会った時は、いつも通りだったんです」代表で家主のひこばえ氏は、もどかしい感じで森さんの部屋の鍵を開けた。ドアを開放し、森さん、と彼が呼びかける。返事はない。

警棒のひとが、無線機を使い状況を短く伝達する。そして彼はわたしたちに目で合図すると「失礼します、入ります」と言い入室した。後から入ると、彼の紺色の制服の間から、蠟のような細い足先が見えた。遅かったか、並木さんの声が零れる。並木さんのつむじが、蒼くてつめたいような感じで、私はまわりの毛髪でそこを今すぐ隠してやりたくなった。

彼女の小さな住まいは、暮らしやすいように丁寧に片付けられ、すみずみまで清潔だった。テーブルの上には、かけいぼ、と書かれたノートと短い鉛筆。戸棚のひとつひとつの取手は磨かれ、慎ましやかなキッチンのシンクの上には、真っ白な布巾と伏せた茶碗。窓辺の棚の上には、お位牌と、びわがひとつ。

こういった終わりを遂げると、その原因は、探究されるけれども、明白にはならない。他のひとによって奪われたものではないということは突き止められるけれど、それが自ずとであったかも知れないことも、孕《はら》んでいる。昨日まで、世界の中で健やかに、あるいは歯をくいしばってなんとかして暮らしてきたひとが、家でひとりで終わるということは、そういうことだった。

森さんは、ひこばえ氏が弔ってくれることになった。

雨のやんだ舎へ戻る道は、なにもかもが緩慢だった。

しっぽが途中で不自然に折れ曲がった黒猫がいっぴき、向こうの塀からゆっくりと落下していた。それは吸い付くように道に着地すると、目玉がこちらを向く。口をゆっくり開けかかったので鳴くかと思いきや、無音のままただ目を見張る。もの事の速度が、やけに遅い。行き交うひとびとの足の運びは億劫そうな感じで歪んでゆき、ミニバイクの回転は止まりそうで止まらず、信号の点滅はいつまでも続く。

私は森さんの部屋にあったびわを思い出す。みじかい柔毛でおおわれた、けっして重くはない質量のあのびわが、ぜんぶ認めてくれている気がした。家計簿にも、小さくなった鉛筆にも、まっさらな布巾にも漂う彼女の影を、いっこのびわが引き受けてくれているようで、そんなふうに並木さんに話しかけたかったけれど、うまく言えない。だからその代わりに後ろから呼びかけた。

「森さん、並木さんが見つけてくれたから、喜んでると思います」

「だといいけどね」

並木さんの返事は、はかばかしくない。

「なかちゃん、俺も、いっしょだよ」

また、放った。底の見えない池に小石を放るような言い方で並木さんは言うと、角を曲がった。

沈んでゆく俺もいっしょ、という言葉に、なんとなく、そうだな、と思う。真意が合っているのかはわからないけれど、私も、たぶんいっしょだ。点点と、なにか散らばってゆくような気持ちになり、食事を終えた後のうすら寒いようなしろいテーブルクロスに残ったなにに使ったのかはわからないピンクペッパーの粒だとか、曇天のひらけた野にある柿の木いっぽんとか、光の消えた電車が整然と並ぶ真夜中の車両基地とか、乳色の霧の中に霞む古い納屋だとか、テトラポッドの向こうの銀色の海の遠くに浮かぶブイだとか、そんなものが脈絡ないようにつぎつぎと網膜に後をひくようにして浮かんでくる。はなはだ、こころ細くなってくる。こういうことがあると、私は、少し、そちらの方にひっぱられる。ひっぱられるようだけれど、たぶん、それはいつもそこかしこにあって、ふだんはよく見えないのに、あらわになってしまって、だからそんなふうに感じるのだろう。

舎に帰ると、並木さんは私を食事に誘った。今晩、お酒を飲もう、と言う。並木さんは、いつも少しおどけて私を誘う。そして、わたしたちは、昼間店先ではるまきを売っている食堂でお酒を飲む。父親と息子と思われるふたりで営む小さな食堂で、急な休みの日には、店主腰痛、相済みません、とか、颱風《たいふう》故お休みします、お気をつけて、などと控えめな文字で書いた紙が貼り出される。並木さんは、きらめくようなつるつるした店よりも、街の小景になって、なにかが滲み出ているような場所がすきなのだろう。私も同意。並木さんと食事をする時は、思い出したようにビールを注ぎ合ったり、空になったままだったり、自分で注いだりで、肴も、これおいしいと言うだけで、取り分けたりもしない。お通しのお新香の中に苦手な茄子があれば、並木さんのお皿に無言でぜんぶ乗せる。つややかな茄子を並木さんはすべて食べる。わたしたちは、そんなふうだった。

サッカーチーム（光合成）の話をしながら、並木さんはビールを二杯飲み終えると、斜視の瞳が充血していた。

「なかちゃん、落語すき？」

いいえ、と私は答える。並木さんが落語のことを話すのは初めてだ。

「前に、聴いた噺《はなし》。その昔、らくだと呼ばれている図体の大きな男のひとがいて、らくだは家賃の支払いを溜め込んだり、酒癖が悪かったり、仕事に行かなかったり、そうやって、ひとりで気ままに暮らしてたの」

そんなひと、いますね、と私は短く挟む。

「或る日、らくだは河豚《ふぐ》にあたって死ぬ。死んだらくだを通りかかった知り合いが見つけるとこから噺がはじまって、だから主人公なのに、さいしょから死んでるんだよね」そう話すと、まりもが、がくんとひといきに卓近くまで下がる。大丈夫ですか、と声をかけると、ああ、ごめん、ごめん、と元の位置に、ふーっと戻ってくる。だいぶ、酔っているのだろう。さいしょから死んでるらくだがどうしたんですか、と話の先を聞く。

「らくだを見つけたひとが、その辺りを通りかかった屑屋《くずや》を呼んで、あ、屑屋ってのは、ひとの家の屑ごみを回収するのをなりわいにしているひとね。で、知り合いと屑屋は、らくだの弔いをしてやろうって、近所からもらってきたお酒をしこたま飲んでから、これもまたもらってきた漬物樽にらくだを押し込んで、よし、火屋《ひや》まで運ぼうって夜道を担いで行くの。でも、途中で転んで、らくだを落として、暗くてよく見えないから、そこで寝ていた酔っ払いの坊主を間違えて樽に入れて運んで、生きてるにんげんを火に放り込んじゃったから、あちい、あちい、あちい。冷酒でもいいから、もういっぱい」

並木さんは、ひゃははと笑う。

「それで、終わりですか?」

「終わり。江戸時代って、すごいよね」

「なにがですか?」

「だって、偶然通りかかったひとが、死んでるひとを見つけて、それからまた偶然通りかかったひとと火葬場まで運んじゃうんだよ」

「でも、それはお話です。それに、そういうの、今も、少しは残ってませんか」街のひとびとのことを思い出して言った。うむ、と並木さんははっきりしないように言ってから、俺は、本物のらくだはどうしてるのかなって、思ったわけ、と続ける。

「本物？」

「死んでるらくだは何処かに落としてきたままでしょ」

噺の中の、夜道に落としてきたらくだのことを思い出す。誰かが、拾ってくれるでしょう、と答えると、うー、と今度は低く唸るので、気持ち悪いんですか、と聞く。

「なかちゃんはさ、ちゃんとできるよ」

「ちゃんとできるって、なにがですか？」なにが言いたいのだろう、要領を得ない。

「誰かと、やっていけるよ」

そんなことを言う並木さんを軽く叩いて励ましたいような気持ちになって、でもそれは、同時に私が私を肯定したいような気持ちだな、と気がつく。

「ひとりだって、ふたりだって、何人だろうと、みんな、暮らしてますよ。ふたりでも、ひとりだし、ひとりでもひとりです」言いたいことを、うまくわからないままに言う。私も酔っているのかも知れない。

「そうだね。ふたりでも、ひとりでも、目を瞑る時は、俺ひとりだからね」

「目を瞑る時は、俺ひとり？」またたとえだろうか。

「笑う時は、誰かといるけどさ」並木さんが言う。

なんか、もう、しゃらくさいな、と言いそうになってから、私は、栗原さんの頬に寄った赤い糸を思い出した。それを目にした時の気持ち、つぎのまばたきをしたら消えてしまうようなものが一瞬偶然みたいに交差するあの瞬間。その細い赤い糸を、たまに、見たい、見つけたい、と思って、赤いのは、血だけじゃない、並木さんだって、そんなふうに思っているでしょ、だから、今、らくだとかいう話をしたんじゃないの、それにあの頬に寄った赤い糸は、並木さんの方が私よりたくさん見てきたはずで、私に教えてくれたものでしょう、と言おうとして、でも、そんなことを私が言えるのかと躊躇《ちゆうちよ》したから、ちょっと外で、煙草吸ってくる、と並木さんは立ち上がってしまった。もうずいぶんと軟体になりはじめていて、変形していきそうなので、並木さん、眼鏡拭いてください、見えづらくて危険です、と声をかける。

「ありがとう、煙草吸いながら、拭くね」

「煙草を吸いながらじゃ、拭けないですよ」並木さんに声をかけると、あ、そーだよねえ、と笑う。

それからあとは、短い時間でお終いにして、気をつけて、またあした、と並木さんと私は二両電車の発着する駅の1番線と2番線のプラットホームに別れた。ここは、ただ雨をよけるだけの小さな屋根と、すべらかな木製のベンチがあって、向こうのホームにいるひとと、こちらのホームにいるひとがおしゃべりできるようなささやかなプラットホームである。夜空をみあげたら、流れ星が落ちてきても、ほら、星が落ちてきた、と、しぜんなことのように感じられるプラットホームである。

並木さん、向かいのホームのベンチに座っている並木さんを呼ぶ。目を細くしている並木さんがレール越しに私を見る。

「駅に着いたら、ちゃんと降りてくださいね」

うむ、と並木さんはまりもの頭髪を上下させて頷く。

「降りたら、家までちゃんと帰ってくださいね」

まりもがふわふわ揺れる。変形しているんだから、どこかに落っこちないようにしてくださいい、と続けようとしたら、2番線の電車が先にやってきた。並木さんに手を振って私は車両に乗り込む。電車がゆっくりと加速しはじめて、速度は増してゆくけれど窓の外の街並みは近くて、だから、家々の灯りや、庭や、ガレージや、ベランダや、それらのおもむきが自分と地続きであるような気持ちになる。そうして風景が語りはじめてゆくようで、だから私は昔のことをそっと、少し思い出す。

十四歳までは、箱型の社宅に住んでいた。いちばん上の階とその下の階のあいだの踊り場からは小指ほどの大きさの東京タワーが見えた。各戸のベランダを見上げると、鳥かごを出して赤い嘴《くちばし》の小鳥の日光浴をさせていたり、強い陽を受けてなお澄《す》む濃いむらさきの朝顔を鉢に咲かせたり、ピクニックをしたのか釜のようなものを乾かしていたり、葉脈のきれいに透ける小さな葉のようなミトンがやはり小さい服と干してあったりするのが見えた。ひとつひとつのその場所が鮮やかで、その鮮やかさは、たからものみたいで、そういうものが確かに自分とつながるようにあることで、守られているような安心を私は感じていたのかも知れない。

社宅が壊されることになって、少し西の方に、両親と三人で引っ越しをした。

新しい場所は、もちろんよい場所だった。駅から離れてゆくと言葉は必要ないくらい空は広くて、土の匂いが少し混じった風が街路樹の百日紅《さるすべり》を揺らし、冬の早朝の陽は涙を誘うくらい眩しかった。でも、よく知らない場所で、知らないひとに囲まれたら、よるべない気持ちになった。出会うひとたちから中林さんと呼ばれるようになり、ともだちとか、なかまとかどんなふうだったろう、どうやったらともだちになれるんだっけ、忘れてしまったな、思い出したい、でもそもそもいたのか、と思い、ゆるぎないものがほしい、ほどけない太い綱、みたいなものでなにかと自分を結わえてほしい、とも思った。

車両が少しかしいで、最後の小さな駅に到着する。改札を過ぎて、ひとり暮らしの部屋まで帰る道すがら、蠟《ろう》のようなからだの一片がそこに現れるのを見た。街灯の光が溶けてゆく空中の辺りとか、陸橋の伸びてゆく階段のところとか、四辻の角に蠟のような欠片《かけら》がごろんと静かに在る。それでも、私の蓋は並木さんがわずかに開けてくれたような気持ちがしていて、中身が六月の水分を湛えたような夜の空気に少し触れたせいか、蠟がそこかしこに在るということを、そのままに見て、私は過ぎた。

＊

雨のあがった後の、いろいろの大きさの、さまざまの形の水たまりのいっこずつが夕暮れを映しているので、夕暮れはそこかしこに幾つも在って、百も千もある夕暮れを飛び越えてゆくように歩いていたら、うねうねしたまりもが中空を泳いでいるのをそこに見た。あのまりもはいつも見ている気がする、と思ったら、それは、軟体になった並木さんの後ろ姿だった。

日曜日、今日は、ひねもす横たわっていようかと思っていたけれど、一度は屋外へ出ないといけないような気がして、近所の駅からしっぽのように伸びている商店街へ来たら並木さんを見かけたのだった。

おそらく酔っているだろう並木さんの後ろ姿は、私の知っている並木さんとは、べつのひとのように見えた。私は、ひとなみの中の彼を尾行することにした。どうしてすぐに声をかけないのかは自分でもわからない。べつのひとのような並木さんをまざまざと見たくなくて、それでも気になり後を付ける自分の卑しさを感じながら、追う。彼は、次のひとあしを出したら、そのままくずおれそうにして歩いている。歩行が不安定過ぎて、まるで後ろ向きに歩いているようで、でも後頭部が見えるのだから、前向きに歩いているはずで、肩はやけに下がり気味で、電信柱にでもぶつかって変形してしまったのかも知れない、と思う。彼は、ひとにぶつかりそうで、ぶつからず、すなわち、彼が通ってゆくとひとはしなやかに避けた。彼が過ぎると、ひとはまた混じってゆく。周りの、些細で粗悪な衝撃すべてを一身にひきうけて歩いているように見える。そうして、ゆらゆら道の端に彼は寄ってゆくと、そのまま立ち止まっている。しばらくするとまた進む。立ち止まった場所へ行くと、そこには飲料の自動販売機があり、特別なものは陳列されていない。私は水のペットボトルを買い、また彼を追う。彼はさきほどとは反対側に行き、またしばらく止まっている。彼がふたたび歩き出すと、立ち止まっていた場所まで私は行く。或る商店の店先のそこには、けたたましい音が鳴りそうな金色の盥《たらい》が重ねられていたり、異様に細い傘立てがひとつだけ置いてあったり、十種類くらいある豊富なスリッパだけ均等に整列してあったり、色とりどりの洗濯ばさみの付いた小物干しハンガーがぶら下がっていたり、雑多なものが並んでいた。毎日通っていた道なのに、こんな商店があることを私は見逃していた。なにも分類されていないような無秩序な品物に不穏さを覚え、もう、彼の後を追うのはやめて、声をかけようか、もしかしたら、彼は道に迷っているのかも知れない、と思い先の方を見ると、並木さんは消えていた。そこいらのぽっかり開いた穴にでも落ちてしまったのだろうか。急ぎ足で、さっきまで居たはずの場所へ行く。穴などない。軟体になりすぎて変形してちりぢりになってしまったのだろうか、早く声をかければよかった、と思っていたら、くしゅ、というくしゃみの音が聴こえたような気がした。とうとう、幻聴まではじまった、と思い、右の横道を見たら、並木さんが埃っぽいシャッターに寄りかかっていた。

「並木さん」

「あ、なかちゃん、どうしたの？」べつだん驚きもせずにこちらを見た並木さんの斜視の瞳は、やはり充血していた。

「どうしたのって、ここ、私の家の近所です。並木さんこそなにしてるんですか？」

私は尾行したことを棚に上げて聞く。

「え？　俺は、ほら、空中椅子してるの」並木さんは腰の位置を下げて、膝を直角に曲げる。長めの胴をシャッターにくっつけて、ひゃははは、あー、もうだめだ、膝の筋力が、と言って、じゃらじゃらじゃらと音をさせながらシャッターを支えに、並木さんは膝を伸ばした。

「ここはなかちゃんの家の近所か」

「並木さん、これ飲んでください」私はさっき買った水を差しだした。

「ありがとう」にゅうっと手を伸ばして受け取ると、並木さんはマスクをずらして、ひといきに半量くらいの水を飲む。並木さんは、すそのへたったグレーのトレーナーを着て、青からはほど遠い、もしかしたら黄土色と表現してもいいくらいのジーンズを穿いている。かくいう私も、漂白剤のはねた跡がおへその横辺りに付いた玉葱色のTシャツに、あずき色の七分丈の幅広のパンツである。

「並木さん、新しいトレーナー今度いっしょに買いに行きます？」

「俺は、アメカジだから」

アメカジが、雨火事、と私の中で変換されてしまい、私は下を向いて笑う。

「なかちゃん、なんで笑ってんの」

「なんでもないです。並木さん、もう、だいぶ軟体ですから、帰った方がいいです」

そう促すと、並木さんは、聞きわけよく、駅へ方向転換し、私はそのまま彼を送って行った。

並木さんが電車にきちんと乗り込むまで、私は改札の外から見ていた。

＊

おととい、いととおい。

並木さん、これって、上から読んでも、下から読んでも、おなじになりますよね、とシュレッダーする書類としない書類を分別しながら言おうとしたら、彼は朝から不在だと思い出す。それから、おととい、いととおいは、最後のい、が余計で、回文になっていないことに気がつく。

並木さんは無断欠勤をした。

「並木さん、たぶん飲み過ぎで寝てるんでしょ。前も一回こういうことあったのよ。なかちゃんは、飲み過ぎてない？」積まれた書類越しに、柏さんに聞かれる。

「昨日と一昨日の休日は、並木さんには会っていません」

「並木さんも、若くないのに無断欠勤するなんて、のんきねえ」私の返事は聞いていないように、にぎにぎしく言う柏さんのやわらかそうな裾野を見ながら、並木さん、あんなだけど、やる時は、結構ちゃんとやりますよ、と少しはすっぱな感じで言った。

柏さんが、そうかもねえ、と席を立つ。昼休みになると、私は食堂へ向かい、はるきを並木さんの分と二本買って戻った。すると、係長が並木さんの携帯電話の電源が切れているだろうことをわたしたちに告げた。私は、給湯室まで行って、冷蔵庫を開けた。真ん中の段に、並木、とよれた字で書かれた付箋がはるまきの入った透明のビニル袋に貼ってあった。先週末の食べかけだろう。今日食べよう、と彼はちゃんと決めていたのだ、と私は思う。昼食を摂りながら並木さんに電話をかけたが、呼び出し音の鳴る前に、自動音声に電源が切れているか、電波のつながらない状態です、と言われ絶たれた。冷蔵庫に食べかけのはるまきあります、と私はメッセージを送信した。

夕刻、係長は並木さんの親族に連絡を入れた。並木さんの両親、兄、兄の妻とこどもたちは、数か月間並木さんとは会っておらず、なにも知らないという。親族が向かう前に係長は並木さんのアパートまで行く、と準備をしはじめていた。柏さんの裾野は、固まっている。

中林さん、とリュックを背負った係長に呼びかけられる。ひっぱられる、と刹那に感じた私は、彼がその先を言わないうちに、何かわかったら教えてください、と言って舎を後にした。

線路沿いを歩く。風のない、とかげも走り去ったようなどこか嘘っぽい空々しいような道だった。どこかの家から、カレーの匂いでも漂ってくればいいのに、などと思う。

たたん、たたん。後ろから車両がレールを叩いてゆく音が近づいてくる。レールを進む音が大きく、早くなってゆく。だだだだだ。なにかが確実にこちらに迫ってくる。鼓動がそれに連れて、煩《うるさ》いように私の中でずんずんと響く。

食べものを食べたいと思わないので、入浴をして、布団に入って、うつ伏せになったり、仰向けになったりしていた。二十三時、係長から、電話があった。

それからは、とてもしずかな夜だった。しずかさだけが果てしなく、茫々《ぼうぼう》と横たわっている夜だった。

風味とか、かおりとか、情緒とか実体のないものだけが口腔内《こうくう》に残っていて、実体の方のはるまきは、きれいに食べ終えた。水道の蛇口もきっちり閉めたので、もうなにも落ちてこない。栗原さんの様子確認のための訪問前に並木さんとのことを少し思ったりしながら、給湯室での栄養補給を終えると、私は自席へ戻った。隙のある感じで積まれたこちらまでなだれかかってきている書類、飲みかけの無糖の缶コーヒー、デスクマットには缶の底の丸い形が映っていて、ぼやけたエメラルドグリーンの穴あけパンチが書類の下のどこかにあって、いちばん下の引き出しにはシャンプーとボディソープがしまわれていて、そんな隣の席は、なにもなくなって、並木さんの痕跡は消失している。おかしい、何処かになにか残っているはず、と机の下を覗いても、なにとなにをつないでいるのか不明な機器の配線が這い廻らされているだけである。
約ひとつき半前に並木さんが放浪に出てから、部署ではとりたてて彼のことは話題に上がらない。あまり触れないのもどうなのだろう、と今日も突発的に思い、向かいの柏さんに私は何気ないふうに話しかける。

*

「並木さん、どの辺りを放浪しているんでしょうかね」

柏さんの裾野は、ひといきに寒風がびょう、と吹いたかのように強張《こわば》る。

「なかちゃん、この後の栗原さんの訪問、べつの日に変更したら」と柏さんが言う。

いえ、いってきます、ときびきび席を立つと、気をつけてね、と、あちらこちらから声がかかる。よく泡立てたせっけんみたいな声が、私の表面にくっついて、全身泡だらけみたいな感じになって、私は外へ出た。

並木さんのことをたまに私が話すと、瞬時にその場が冬の枯野みたいになり、その次には、せっけんのやさしい泡だらけにされる、そんなふうなよそよそしい案配になってしまうのだった。私見としては、並木さんは学生時代にアメリカを放浪していたというから、今回も、アメリカの、西海岸辺りで、黒い眼鏡をかけて、雨火事の、いやアメカジのすかしたてろてろのシャツを着て、蛍光色の短めのパンツを穿いて膝のお皿を出して、ビーチサンダルを引き摺るようにしてそぞろ歩いて、お腹が空いたら小径の途中にある目立たないお店でテイクアウトのスプリングロールを買って食べて、お酒を飲んで、目が充血したらハンモックで潮風に揺られながらきもちよく眠っているのだろう、と考えている、あくまで私見、もしくは呪文。

栗原さんのいる川原に着くと、土の近くからは澄んだ雫が転がったり、長く滑ってゆくような、その音のみを聴いていたいような虫の音《ね》が重なり響いていた。真夏が去ってゆく。虫の音を、やけにからだに染むように感じる。

栗原さんは、褪せたキャップを被って、黒い半袖のポロシャツを着て、橋の下の日陰にひとりで座っていた。ガスコンロも鍋もない。

「こんにちは」

「こんにちは」栗原さんが顎を前に出し挨拶する。彼の横に、小さく折りたたんで持参したシートを敷いて座る。このシートをもう少し広げるので、栗原さんも、いっしょに座ります？　と聞くと、このままでいいです、と彼は言った。

「栗原さん、お変わりないですか？」

「ないです」

「なにかお困りごと、ありますか？」

「ないです」

「目、みてもらってますか？」その目は、黒いさなぎになってしまってはいけない。

「はい」

「ここ、暑くないですか？」

「暑いよ」

私は舎から持参した経口補水液を渡した。よかったら、これも、どうぞ、と拡大コピーをした街のひとびとの趣味活動の一覧表も渡す。

「途中からでも参加しやすいものに印を付けてます。無理に、とは言わないんですけど、いくつかのグループは、私も運営のサポートで入っていて顔を出しているので、覗いてみてください」たぶん興味はないだろうけれど、並木さんならこうするかと思い用意したものだ。どうも、と栗原さんは受け取ってから、並木さん、急な異動っていうからなんにも言えなかったです、と空気が漏れるように言った。お茶漬け、さらさら、ですから、と私も空気が漏れるように応える。それがあまりにうすく漏れたので、栗原さんに届く前に、言葉は分解して流れていってしまった。栗原さんはなに色がすきなのだろう、といつかぼんやり思ったことがあったな、と私は思い出す。

「栗原さんのすきな色、なんですか？」

「今は、きいろ」無邪気さが滲む感じで向こうを見たまま栗原さんが答えて、その頬に赤い糸が寄ったように見えた。

「あんたたちは、草って言うけれど、ハマダイコンとか、つくしとか、よもぎとか、いろいろあるんですよ、昔は、みんな貧しくて、採ってたんです」栗原さんが、やっぱり向こうの方を見たまま言った。

今よりずっと青く深い空の下、真夜中に戦車の通ってゆく音とその影の残る、水鳥の埋まった穣《ゆた》かな土の上で、幼い栗原さんと、彼の兄妹が、緑を摘む姿を想像した。あのひとは怖いものばかり見る、と並木さんは言ったけれど、栗原さんは怖いものを見ながらも、そうではないもの、それはたとえば誰でもいい誰かの頬に偶然みたいに寄った細い赤い糸のようなものを見つけようとしてきたのだ、と私はなにかに抗って、その気持ちをけばだたせるようにして思った。

帰りに食堂を通り過ぎる。はるまきは、並んでいない。ここを通る度に、はるまきがあるか見る癖が付いてしまった。

駐輪場に着くと係長がいた。

「お疲れ様です」

「お疲れ様です。自転車のタイヤの空気、抜けてないかなって思って」係長が言う。

「抜けてないです」そう答えて、スタンドをぎゃん、とする。

「中林さん、大丈夫？」唐突に聞かれる。いや、唐突ではないような気もする。たぶん、係長は、ずっとなにかを私に語りかけたい雰囲気があって、それは、放浪中の並木さんのことで、でも、私は、まだ、きちんと語りたくなかった。それでも、はい、と答えてから、並木さんはここでなにを見ていたのかな、と思う。そうして、次に続ける言葉を探して私は黙った。並木さんといる時は、次に続く言葉を、探したことはなかった。黙っててもそれでよかったから。言葉のない時は、並木さんの違う方向を見る目を見ては、横すべりしてゆくこれまで見たことのない景色を不思議に眺めていればよかったから。そうだったんだな、と、真夏が去ろうとしている時分になってから、悟った。そして、あ、今、言えるかも、と思い、並木さんのこと、見つけてくださってありがとうございました、と係長に言った。たいしたことではなくて、ついでみたいに言った自分のその声がいつもより小さくて、たぶん、それは大事なことを口にしたからで、だから、哀しかった。係長は、頷いて俯いた。

「あの、並木さん、眼鏡かけていましたか」

「かけてたと思う」

「そうですか」

なんだか、たまらない気持ちになって、私はマスクの上から両手で口を押さえた。口を押さえたまま部署へと戻り、リュックを降ろし、なにかを吐き出すようにアルコールを噴霧しながらクリップボードを拭いていると、柏さんに呼ばれる。

「なかちゃん、帰ってきたばかりのとこ、ごめんね、電話、いい？　羊ハイムの並びの、まめまめ豆腐店さんから、ひとり暮らしのお客さんが、毎日絹豆腐、いや木綿豆腐二丁、えーと三丁の日もある、と、買いに来ていて、昨日も買いに来ましたよ、と伝えると、あら、そう、と忘れている様子で、その木綿豆腐のひとがこの二日間店に来ていない、だから心配って」

「はい」と私は柏さんから電話を替わる。

「はじめまして、ご連絡、ありがとうございます。中林と申します」

三十分ほど話を聴きながら調べてみると、対象者は一時的にとある施設に保護されている旨が舎に既に連絡がきていて、そのままは伝えられないので、無事であることを説明すると、じゃあ、この後もいっしょに見守りをよろしくお願いします、とまめ氏は言った。

こちらこそ、よろしくお願いします、と言い、私は受話器を戻した。

＊

月のない宵闇を、ひとりで歩いている。此の頃、いつもひとりで歩いている気がする。けれど、もしかしたら、長い間、ずっとひとりで歩いているのかも知れない。半分顔を隠したようなひとびとと、時折行き交う。どこかへ向かって、長い影を揺曳《ようえい》させながら歩いてゆく彼らとて、よく見れば、なにか足りないような、なにか欠けたままのような、抑止されたような、怏怏《おうおう》とした顔つきをしている。

毎日のように歩いているこの道は、けれど少し変わってしまった。色みも、踏みごこちも、音の反響の仕方も、なにか違う。味気なくて、頼りなくて、つまらない。端の方から、砂塵が吹いてきて、それを身に受けるようこころがまえをするけれども、こちらに届くちょっと前に、ふ、とあっけなくこと切れる。風の通り道も、変わってしまった。私は、なにも変わっていないはずなのに。

いつかの夜のように、蠟のようなからだの一片があらわれる。そこの郵便ポストの上に落ちかかったような感じで、手のひらのようなものが在るのが見える。ぼわ、ぼわ、と蠟がそこかしこにあらわれはじめる。ふだんもあるはずの、でもふだんは見えないものの方へひっぱられる。

あの日の次の日、舎からは、この時期なので、並木さんの葬儀は親族だけで執り行うことを説明された。

あの日、予感は言葉にするとほんとうになってしまうから、唇をつぐんで、ためいきも吐《つ》かずにじっと黙していた。二十三時、電話は約束していたかのように鳴る。中林さんは並木さんと仲良かったから、と連絡をくれた係長は言った。

間に合わなかった。酔って転んだのかも知れない。けれど、なにか空《から》の包装がいくつかあった、と震顫《しんせん》を帯びた声で告げられた。

暗い夜道の何処かに落っこちてしまった並木さんを、私は拾ってやれなかった。濁った池の底に沈んでゆく彼の小石を、どうやって拾えばいいのか、私はわからなかった。否、その小石を見るのが、私は怖かった。

むらのある感じで歩行をつづけ、やがて、淡い光を放つ店を右手に通り過ぎる。妙に森閑《しんかん》とした、音の抜けてしまったようなそこは、今晩、お酒を飲みましょう、と並木さんに誘われたところ。


「ここのはるまき、すごい旨いんだよ」

知らないひとに触れることにとてつもない恐怖を感じていた頃に、食堂の店先で売っているはるまきを出会って間もない並木さんが私に渡してくれた。

紙袋を受け取ると、手のひらが少し温かくなった。どれもそんなに違わないだろう、と口にしたはるまきは、けれどおいしかった。外の皮は固めで、嚙むと口蓋《こうがい》に軽く突き刺さる。中身は、あんがからんだ千切りの、しいたけ、たけのこ、にら、豚肉。ほかのとの違いは、上手に言葉にできない。でも、おいしい。そんなものもある。

「おいしいです」

「でしょ。はるまきっていう名前が、そもそも、俺はなんかすき」

「はるまき」

「そう、はるまき」


今ここに、あの時温められた私の手のひらは在る。手をひらけば、きっと、まだ赤い。手のひらは掌と書いて、そうしてたなごころ、とも読むのだ、としっかりと抱《いだ》くように思いながら、つまらない道を歩いてゆく。つまらない道のはずなのに、いろいろの輪郭がうるみはじめる。やっぱり、変わってしまった。このいかんともしがたい変化を、けれど手懐けていいのか、わからない。

頬が熱い。涙がマスクの内側を野放図に流れてゆく。皮膚が、痛いような、痒いような感じになる。

向こうの西の辺りのいってんが、ほのしろいようにも見える。何処かへ行くひとたちもその辺りをなんとなく見遣ったりしているのは、なぜなのだろう。遠い場所でなにかを祝祭して花火でもあげた後なのだろうか。それとも、海のようにひろい池でもできてしまったのだろうか。あるいは、なにかを見たい、と私が思っているだけかも知れない。

「棕櫚を燃やす」第38回太宰治賞受賞作
「らくだの掌」書き下ろし

野々井透（ののい・とう）
一九七九年、東京都生まれ。
神奈川県在住。

棕櫚《しゅろ》を燃《も》やす

二〇二三年三月二〇日　初版第一刷発行
著者　野々井透
装画　小林夏美
ブックデザイン　鈴木成一デザイン室
発行者　喜入冬子
発行所　株式会社筑摩書房
東京都台東区蔵前二―五―三　〒一一一―八七五五
電話番号　〇三―五六八七―二六〇一（代表）
印刷　株式会社精興社
製本　加藤製本株式会社

ISBN978-4-480-80511-9 C0093